Für Sie und Ihre Frau einen
„Smaragd" zum Jahreswechsel

Ihre

Leonhard Frick

u. Eckart Bruchfeldt

16.1.83

Gustav Hillard · Der Smaragd

GUSTAV HILLARD

Der Smaragd

Novelle

Mit Zeichnungen von

Wilhelm M. Busch

CHRISTIANS

Hans Christians Verlag, Hamburg 1980

Gesamtherstellung Clausen und Bosse, Leck
ISBN 3-7672-0686-2
Printed in Germany

Nun der Smaragd allein verdient,
daß er an deinem Herzen grünt!

Faust II, 3. Akt
(Innerer Burghof)

Mit einer übertriebenen Bewegung der Arme, bei der er die ausgestreckten Hände in einer Kreislinie bis zur Schulterhöhe anhob und dann rasch zum Tisch absinken ließ, so daß die weichen Manschetten seines hellblauen Oxfordhemdes bis an die Handwurzeln glitten, hatte der König Teller und Tasse etwas von sich geschoben. Wie ein Ankündigungskommando nahm die Umgebung die wohlvertraute Geste auf.

Der Kammerdiener Brauns trat hinter den König, um den Stuhl seines Herrn zurückzuzie-

hen, sobald dieser sich erheben würde. Und unter den Herren des Gefolges verstummte sofort das Gespräch. Einige rückten ihre Stühle leise zurück und legten ihre Hände flach auf den Tisch, um sich leichter emporschnellen zu können, während andere ihre Füße einzogen und durch unmerkliches Straffen des Oberkörpers die Verbindung mit der Sitzfläche lockerten. Alle aber machten gefaßte und erwartungsvolle Gesichter, als ob sich im nächsten Augenblicke nicht ein täglich wiederholter Vorgang, sondern etwas Wunderbares ereignen würde.
In der Tat überraschte sie der König, indem er die sonst so kurze Pause zwischen Ankündigung und Ausführung in einer beunruhigenden Weise hinzögerte. Er hatte den Kopf von der Gesellschaft abgewandt und sah durch das halbgeöffnete Fenster des Salonwagens mit leicht erstarrten Augen in die blauweiße Leere des abgespannten Herbsthimmels. Durch die lautlose Stille hörte man den hellen Ton, mit dem die Schienen die beiden Wagen wiegten, die für den König, der unter einem Namen von legendärem Adelsklang reiste, dem fahrplanmäßigen Zug angehängt waren. Ohne die Geschwindigkeit zu mindern, bog er jetzt in eine Kurve ein, so daß das Schleifen der Bremsen Teller und Tassen klirren und die Menschen schwanken machte. Über das zerstreute Gesicht des Königs ging ein Schein des Erwachens. Er erhob sich hastiger, als es sonst seine Art war,

wie um die versäumte Zeit wieder einzubringen, die sich soeben unprogrammatisch in die Durchordnung seines Tageslaufes hatte schleichen können. Er bannte seine selbstverlorene Läßlichkeit schnell in erfahrene potentatische Gebärden, durch die er alsbald um sich jene Atmosphäre des Unempfindlichen wiederherstellte, die den Dr. Onno Bedinga zuerst so bestürzt gemacht, als er vor etwa Jahresfrist nach einem kurzen zufälligen und wunderlichen Zusammentreffen mit dem König einer allerseits höchst überraschenden Berufung zum Leibarzt folgegeleistet hatte.

Nunmehr konnte die Zeremonie wie immer ablaufen, und es erwies sich, daß der Kanon ihrer Formen auch diesen nicht eben alltäglichen Schauplatz zu meistern verstand. Die Herren traten respektvoll von ihren Stühlen zurück und gruppierten sich in eine scheinbar zufällig lockere Ordnung, die aber dem Kundigen sofort die Rangklasse eines jeden Hofmannes gleichnishaft vor Augen führte. Der dem König zunächst stehende Oberhofmarschall Graf Kray-Knäckebüll nahm mit einer leichten Neigung des Kopfes und der Schultern die Entlassung entgegen: »Ich danke Ihnen, meine Herren«, sagte der König mit einer Verbindlichkeit, in der ein leichter Ton gepflegter Hypochondrie schwang, »auf Wiedersehen bei der Ankunft.« Die Herren verbeugten sich, wobei der Oberhofmarschall rückwärtsgehend in seine eigene

Gestalt zu verschwinden schien. Nur der Kammerdiener Brauns folgte seinem Herrn in das Appartement neben dem größeren mehrfenstrigen Raum, in dem soeben der übliche Nachmittagstee gereicht worden war. Der König entnahm einem zierlichen goldenen Etui eine ägyptische Zigarette, sah zu dem Kammerdiener Brauns hinüber, der die Brauen vorwurfsvoll hochgezogen hatte, und bemerkte in dem gleichen Tone leicht melancholischer Höflichkeit wie vorhin: »Aber verraten Sie mich nicht dem Doktor!« Dann nickte er ihm zu, und Herr Brauns zog sich stumm zurück.

Der König blieb allein. Er setzte sich ans Fenster und, den Blick im Weiten, als ob er etwas suchte, blies er den Rauch der Zigarette in

Ringen in die Luft. Die schnelle Fahrt zerlegte die Aussicht in Bilder, die sich einzeln aneinanderreihten. Gegen die ferne Leere des Horizonts stieg die Landschaft in flachen unregelmäßigen Konturen auf wie zu festgeronnenen Wölbungen des nahen Meeres. Ein sanft schimmerndes Licht verzitterte sommerlich über der Weite und verhüllte mit seidigem Glanze das herbstliche Vergehen der Natur.

Durch die Lücken hoher Bäume, deren Kronen noch mit Laub behängt waren, während um ihre Wurzeln ein leichter Wind goldaufleuchtende Blätter in tanzendem Kreise trieb, blickten blanke Bauernhäuser, als seien sie nicht erbaut, sondern der Erde selbst entwachsen. Schwarzweiß geschecktes Vieh bewegte sich mit Gelassenheit auf umzäunten Koppeln. Äcker glitten vorüber, deren aufgebrochener Boden die Strahlen der Sonne in fruchtende Dunkelheit trank, und Felder zogen vorbei, auf denen Frauen den Rücken demutsvoll zur Erde gebeugt hatten. Durch das geschlossene Fenster drang der Geruch von brennendem Kartoffelkraut.

Der König fuhr sich mit der Hand über die Augen, die heiß waren von den fassunglosen Traumbildern des kurzen Schlafes der vergangenen Nacht. Von jung auf zur Selbstkontrolle angehalten, hatte er mit starker Befremdung wahrgenommen, daß seit einigen Tagen ein Unzukömmliches und Unerfahrenes, ein sonderbares Gefühl von Entrücktheit von ihm Besitz genommen, das zu hemmen oder gar abzuwehren ihm immer mehr unmöglich geworden war. Unbotmäßig entzog sich dieser wunderliche und tiefbeunruhigende Zustand den Mitteln der Beherrschung, die ihm ein langes Leben der ständigen öffentlichen Selbstdarstellung anerzogen hatte. Unaufhaltsam erweiterte und vertiefte er sich zu etwas Verkehrtem und Unsinnigem, das sein ganzes Wesen einer zufälligen Begegnung auszuliefern drohte, die er als eine liebenswürdige und im Grunde harmlose Erinnerung mit nach Hause zu nehmen dachte.

Der Aufenthalt in dem weltbekannten westdeutschen Herzbade, das aufzusuchen ein Gremium anerkannter Kapazitäten dem Könige dringlichst anempfohlen hatte und dessen einhelligem Ratschlag sich auch der neue Leibarzt Dr. Onno Bedinga nach einigen mit begreiflicher Zurückhaltung vorgebrachten Einwendungen anschließen mußte, war zunächst durchaus in der vorgesehenen planvollen Weise verlaufen. Und der Oberhofmarschall Graf Kray-Knäckebüll, der ja die Verantwortung für die sinnvolle Begehung des königlichen Tageslaufes unter so außergewöhnlichen Umständen trug, hatte mit gutem Grunde schon geglaubt, diese Reise – ohne damit selbstverständlich dem ärztlichen Urteil vorgreifen zu wollen – als

wohl gelungen bezeichnen zu dürfen. Hatte doch der Graf vollen Anspruch auf eine solche Genugtuung. Denn es bedurfte für das Gelingen eines solchen Vorhabens nicht nur der unabdingbaren schweren Pflicht seines Amtes, eines ständigen stillschweigenden Wachestehens vor der allerhöchsten Person, sondern noch einer zusätzlichen klugen Energie und gewiegten Erfahrung, um die kunstvoll gestufte und geregelte höfische Ordnung den so völlig andersartigen Verhältnissen und Bedürfnissen eines Kuraufenthaltes anzuverwandeln. Das Hofleben trat gewissermaßen ins Freie, eine Welt streng gezogener und eingehaltener Grenzen hatte sich im Grenzenlosen einzurichten, in einer formlosen Umwelt, die durch die Diktatur des Arztes ihren verpflichtenden Halt und ihren täglichen Rhythmus erhielt. Sich mit ihr abzufinden, sich ihr anzupassen, war schon für den einzelnen Kurgast, er mochte auch sein, wer er wolle, zwar eine undiskutierbare Notwendigkeit, aber nicht immer einfache Aufgabe.
Um wievieles schwieriger war ihre Lösung für einen Hof, dessen Existenz davon abhängt, daß das Alltägliche in reibungsloser Ausgeglichenheit dahinfließt und dabei doch eine gewisse Festlichkeit ausstrahlt. Es galt die Gesetze des Kurlebens zu überspielen, ihre Weitherzigkeit in dem gewohnten Formenzusammenhang einzufangen und ihren Forderungen durch eine ansprechende Aufhellung die medizinale

Strenge zu nehmen und dadurch den Reiz des Neuartigen und Überraschenden zu leihen. Vor allem war dazu die Natur in einem viel weiteren Umfange als üblich in den Bereich des Hofes einzubeziehen und ihre zerstreuenden, abwechslungsvollen und erfrischenden Möglichkeiten dem Könige darzubieten.

Mit lächelnder Wehmut hatte Graf Kray-Knäkkebüll des Bildes der Natur in den Stichen, Briefen und Memoiren eines heiteren und artigen Zeitalters wie des Abglanzes einer versunkenen Traumwelt gedacht. Da war das Elementare der Natur geregelt und gelenkt zum räumlichen Garten, gefaßt in Treppen und Kaskaden, aufgefangen in Terrassen und Wasserbekken, gegliedert durch eingeschnittene Rampen und springende Brunnen, gesänftigt in schattenden Nischen und kühlenden Grotten und geformt zu Taxusalleen und »brodierten« Parterres, die die Heiterkeit antiker Götterbilder umglänzte und das Treiben amoureuser Putten erregte. Damals glaubte die Gesellschaft, in gebändigtem Spiele der ganzen Natur innezusein, damals war die Natur noch eine Dienerin der »grâce du grand goût« gewesen, wie dazu ausersehen, um einem Herrscher zu Füßen gelegt zu werden, bis jener Rousseau kam, der die Elemente entband und walten ließ, um am Ende selber auf der Pappelinsel eines Schloßparkes sein Grab zu finden.

Aber was konnte es helfen, sich an den verklär-

ten Wunschbildern nie wiederkehrender Zeiten zu erbauen. Die Gegenwart mußte man meistern, indem man sich ihrem sogenannten Lebensstile durch ein weiteres Ausgreifen des Schauplatzes und ein breiteres Ausspielen der Komparserie anbequemte. Graf Kray-Knäckebüll hatte Ausflüge in die anmutige Landschaft arrangiert und war sogar vor einem déjeuner sur l'herbe nicht zurückgeschreckt, bei dem der Kammerherr von und zu Holtau, dessen spinnige Beine den Boden nur leicht und tastend berührten und dessen lange Hände wie flatternde Vögel in der Luft herumfuhren, durch seine ängstlich überspitzten und überstürzten Abwehrbewegungen gegen die summende, schwirrende und krabbelnde Fauna des Waldes viel Anlaß zur Heiterkeit gegeben hatte. In der weiteren Umgebung waren einige Standesherren und einflußreiche Wirtschaftsmagnaten auf ihren Sommersitzen durch einen Besuch des Königs ausgezeichnet worden, und der König selbst hatte der Einladung zur fürstlichen Familientafel in der nahen Residenz eines kleinen deutschen Hofes nach einigem Zögern und mit einem Bedenken entsprochen, das der anregende Verlauf des kurzen Aufenthaltes in dem höchst geschmackvollen Schlosse als völlig unberechtigt erwies. So konnte der Oberhofmarschall Graf Kray-Knäckebüll glauben, da der vorgesehene Tag der Abreise schon in Sicht kam, die Aufgabe eines königlichen Badeaufenthaltes aufs beste gelöst zu haben, ja dem bisher so gelungenen Programm noch eine glückliche Schlußvariante anzufügen, als er dem Könige vorschlug, einer Vorstellung im Kurtheater beizuwohnen, in der eine junge – und wie man allerseits erfuhr – ebenso hübsche wie talentierte Untertanin Seiner Majestät gastieren würde, deren Auftreten die nicht unerhebliche Zahl ihrer hier zur Kur weilenden Landsleute durch ihren geschlossenen Besuch zu einer geheimen patriotischen Demonstration zu machen gedachte. Auf das Badepublikum im allgemeinen, – so hatte der Oberhofmarschall seine Darlegungen geschlossen – dem man das Zeugnis einer respektvollen Zurückhaltung gegenüber dem königlichen Inkognito nicht vorenthalten könne, obwohl es sich natürlich mit der wohlbekannten Person des Königs auf das lebhafteste beschäftige, und auf die Untertanen Seiner Majestät im besonderen würde das Erscheinen des Königs bei diesem Anlasse zweifellos den vorzüglichsten Eindruck machen.

Den glatt zufassenden Argumenten hatte sich der König nicht lange verschließen können und sich am Abend mit einigen Herren seiner Begleitung, unter denen man auch den neuen Leibarzt Dr. Onno Bedinga bemerkte, in so unauffälliger Form in der Proszeniumsloge des Theaters eingefunden, daß seine Anwesenheit erst im Verlaufe der Vorstellung im Publikum flüsternd bekannt wurde.

Wohl abgedeckt gegen jede Zudringlichkeit und doch in dem erfreulichen Bewußtsein, einer verpflichtenden Erwartung gefällig zu sein, – denn Gefälligsein heißt ein gut Teil des Lebens eines Königs, pflegte sein Vater zu sagen – dachte er, einige entspannende Stunden der Unterhaltung und Ungestörtheit zu verbringen.

Das festlich Bezuglose des Raumes weitete die alltägliche Empfänglichkeit aus und bereitete die verwandlungswilligen Sinne auf die Verzauberung vor, die mit sanfter Gewalt die Menschen von der Wirklichkeit löste, als nun mit dem Aufrauschen des Vorhanges die Schranke zwischen Sein und Schein aufgehoben wurde.

Man kennt die Verlegenheit, in die die Komik der Oper »Cosi fan tutte« Hörer und Bewunderer Mozartscher Musik so leicht versetzt. Zwei Liebhaber, die verkleidet kreuzweise ihre Geliebten verführen, um ihre Untreue zu erfahren. Zwei Mädchen, die ihre verkleideten Verlobten nicht erkennen und ihr eigenes Kammermädchen mit einem hohen schwarzen Hut für einen Arzt und unter einer Allongeperücke für einen Notar halten. Zwei Bräute, die mit schwindelnder Schnelle sich zwei abenteuernden Zufallsbekanntschaften antrauen lassen. Welche Unmöglichkeiten!

Doch unter den Strahlen der blühenden Musik zerschmelzen bald die Bedenken der Moral und die Vorurteile der Logik. Ein tönender Mummenschanz zeigt, was Frauen von verliebter Verfassung alles zustoßen kann, und eine ergötzliche Ironie spottet über die Affekte, die das menschliche Auge verblenden und das menschliche Herz in die Irre führen. Doch birgt sich nicht hinter dem buffonesken Scherz der Masken eine gefährliche Entdeckung? Offenbart nicht die Musik den Einklang der vertauschten Paare und fügen sich nicht die Stimmen des weicheren Ferrando und der stolzeren Fiordiligi, des lebenslustigeren Guglielmo und der unbedenklicheren Dorabella trefflich zueinander? Hat das Croisé der Komödie am Ende recht?

Aber die Paare, die in tönenden Beschwörungen

so zärtlich zueinandergefunden, ordnet in einem ausschwingenden Larghetto die konventionelle Pflicht des Lebens wieder auseinander. Der selige Traum der Wahlverwandtschaft ist zu Ende und der irdische Tag der Ehe beginnt.

Der Stil der Aufführung, der im Spiel der Darsteller wie im Bilde der Bühne sich die Erregung solcher Gefühle und Gedanken mit Fleiß zum Ziel gesetzt zu haben schien, hatte den König

ungewöhnlich, ja ganz persönlich angerührt. Die weltläufige und spielende Menschenkenntnis dieser Liebesmaskerade entsprach so recht seiner Neigung eines ironischen Hinnehmens von Erfahrungen und eines skeptischen Gewährenlassens der Dinge und verfestigte ihn in der nicht sehr hohen Meinung, die er von der Chance des Menschen hegte. Wie alle Menschen, die aus Einsicht und Willigkeit schwer irgendeiner Lebensseite die Berechtigung abzusprechen vermögen und darob selbst leicht in eine gewisse innere Unentschiedenheit geraten, war er für Eindrücke äußerst empfänglich, die ihm ein Gefühl der Bestätigung und Bekräftigung seines eigenen Wesens gaben. So fand er auch in dieses Maskenspieles illusionsloser Moral, die meint, daß wir in der Liebe nicht die Frau selbst, sondern die Vorstellung lieben, die wir uns von ihr machen, sein eigenes Erfahrungswissen mit einem leichten und lachenden Verstehen und Verzeihen vorgetragen.
Sehr bald hatte ihn daher diese überraschende Aufführung in eine angenehme, fast gehobene Stimmung versetzt, so daß er schon nach dem ersten Finale bei dem Empfang der als Dorabella gastierenden Landsmännin – übrigens einer höchst anziehenden jungen Dame, die Lieblichkeit der Stimme und Reiz der Erscheinung auf das verheißungsvollste vereinigte – sich auf der besten Höhe seiner königlichen Aufgabe zeigte, die ihm bekanntlich auferlegte,

Glanz, Heiterkeit und Bezauberung auszustrahlen.
Nach der Vorstellung hatte sich der König in den hinter der Loge gelegenenen kleinen Louis XVI.-Salon begeben, einmal um den Strom des Publikums vorweg abfließen zu lassen, zum anderen um dem Intendanten, der selbst die Regie geführt, noch einige anerkennende Worte über die so überaus gelungene und interessante Darbietung zu sagen. Der König, der sich von vielen Seiten den Stoff zufließen ließ, insbesondere aber für die Künste über ein stichwortartiges Vokabularium verfügte, sprach zunächst über die herrliche Ouvertüre, in der die Instrumentalfarben der Hörner und Holzbläser Mozarts persönliches Empfinden so wundervoll illustrierten, lobte dann das ausgeglichene Klangvolumen des Orchesters und sein wohlgeregeltes Verhältnis zu den Singstimmen, fand artige Worte für die hohe Kultur der männlichen und die beseelte Kantabilität der weiblichen Stimmen und vergaß schließlich nicht der von ihm wohl bemerkten diskreten Parodie auf den Stil der opera seria Erwähnung zu tun, durch die die so viel verkannte und gescholtene Oper erst jene feine Heiterkeit einer überlegenen Ironie erhalten habe, die diese Aufführung so glücklich von den üblichen Wiedergaben und ihren moralistischen Verlegenheiten abhöbe.
Der Intendant, entzückt von diesem unerwarte-

ten musischen Kennertum und befeuert von der ungewohnten Diktion königlicher Huld, hatte darauf mit einem etwas zu reichen Aufwand an Arabesken zu erzählen begonnen, wie er durch die »Serapionsbrüder« E. T. A. Hoffmanns zu dieser Auffassung von »Cosi fan tutte« angeregt worden sei, als plötzlich in ziemlich brüsker Weise die Tür geöffnet wurde. In ihrem Rahmen erschien die hohe Gestalt eines älteren Herrn im Abendanzuge, dessen wohlgebildetem Gesicht das Leben unverkennbar den Stempel der Gewöhnlichkeit aufgedrückt hatte. Er forschte mit unruhig schillernden Augen rasch umher, ging auf den König zu und sagte in einem Französisch, das das R am Gaumen rollte: »Welch reizende Überraschung. Ich bin entzückt, Dich hier zu treffen.«
Der König konnte eine gewisse formvolle Betroffenheit nicht ganz verbergen, während das gefrorene Gesicht des Grafen Kray-Knäckebüll vor Unmut aufbarst. Dem Verlaufe des königlichen Tages Störungen und Zufälle weitab zu halten, gehörte zu seinen vornehmsten Amtspflichten, denn obwohl der König von seinem Vater zu einem anschlägigen Benehmen in unerwarteten Situationen, zu der sollertia – wie der königliche Vater sich auszudrücken pflegte – als einer notwendigen herrscherlichen Tugend von früh auf erzogen worden war, so liebte er Überraschungen doch ganz und gar nicht. Und diese, die sich immer mehr als ein

hinterhältiger Überfall herausstellen sollte, gehörte in der Tat zu den fatalsten Zwischenfällen ihrer Art. Denn der Herr, der soeben gewalttätig und zerstörerisch in die angenehme Verfassung eines gemeinsamen und gehobenen Wohlbefindens eingebrochen war, war der Großfürst Basilius Michael, ein Onkel der Königin.

Graf Kray-Knäckebüll wußte, daß der König den Großfürsten verabscheute, und er wußte auch warum. Der Großfürst spielte in der gemeineuropäischen Welt des Luxus und des Vergnügens eine der bekanntesten Rollen, ohne dabei im geringsten den Verkehr in der undurchdringlich abgeschlossenen Gesellschaft

preiszugeben, zu der er durch seine dynastischen Privilegien Zutritt hatte. Seine ausgebreitete Personalkenntnis in beiden Sphären, seine Verbindungen mit mächtigen Geldmännern und großen Hetären, seine Bekanntschaft mit Politikern und Generalen, seine Vertrautheit mit fast allen Höfen Europas machten ihn zu einem gefürchteten Gebärdenspäher und Geschichtenträger, bei dem es fast immer undurchsichtig blieb, ob er die Politik nur als Folie seiner erotischen Abenteuer ansah, oder ob er hinter den Allüren eines libertinistischen und verklatschten prinzlichen Müßiggängers sehr bestimmte politische Absichten versteckte. Als der König heiratete, hatte der Vater ihn vor diesem Onkel seiner Braut gewarnt: »Er ist einer, der immer etwas auf wen weiß.« Und der alte Herr hatte jenes Wort aus dem Code civil hinzugefügt, das er dem Sohne als fürstliche Klugheitsregel einzuprägen liebte: »La vie privée doit être murée.«
Nach kurzen Begrüßungsworten war der Großfürst sogleich dazu übergegangen, von seiner gestrigen Begegnung mit einer kleinen Tänzerin zu erzählen, die sich nach kaum erwärmter Bekanntschaft seinen Wünschen nicht ohne weiteres willig zeigen wollte. Er hatte sie darauf in sein Schlafzimmer eingesperrt, damit sie sich am Ort der vorgesehenen Tat eines Besseren besinne. Die offenbar ebenso resolute wie robuste junge Dame hatte sich für die Beraubung der

Freiheit dadurch gerächt, daß sie ihre Notdurft in den Zylinder des Großfürsten verrichtete. Diese Schlagfertigkeit hatte ihn derart entzückt, daß er entschlossen war, sie sofort mit an die Riviera zu nehmen. »Ich werde mich ausgezeichnet mit ihr verstehen. Tout est pour le vieux dans le meilleur des demi-mondes«, kicherte er und zwinkerte dabei dem König unverschämt zu.

Die verbindliche Maske des Königs zeigte nur unmerklich den starken Widerwillen. Die Augenbrauen waren hochmütig emporgezogen, der Blick hatte unter halbgesenkten Lidern zerstreut in den Raum sich verloren und der Mund sich schmal zusammengepreßt. Mit Worten, die zwischen den Zähnen zerbrachen, erkundigte er sich, ob der Rat der Ärzte den Großfürsten hierher geführt. Aber keineswegs, der reine Zufall; aus freundschaftlicher Gefälligkeit habe er den französischen Generalgouverneur von Indochina, dem dieser deutsche Kurort empfohlen, auf einem Umweg nach dem Süden in seinem Auto hierher gefahren. Übrigens sei der Generalgouverneur in Begleitung seiner Tochter, der jugendlichen Comtesse Laura de Jonquerettes, die nach sehr kurzer Ehe ihren Mann etwa vor Jahresfrist unter rätselhaften Umständen verloren habe. »Une femme exquise et étrange«, fügte er schwelgerisch hinzu, kniff das eine Auge zu und schnalzte leicht mit der Zunge. »Elle te fait penser à un conte des ›Mille

et une Nuits‹. Ses doux yeux de pervenche, profonds et vastes, voluptueux et chastes, sa bouche de fraise, sa lèvre humide«, er schloß seine beiden unruhig schillernden Augen und ließ seine Zunge auf eine lästerliche und zweideutige Weise zwischen den Lippen spielen. Dann versetzte er dem König einen neckischen Rippenstoß und flüsterte etwas heiser: »Tu n'a pas la femme qu'il te faudrait.«
Plötzlich wandte er sich ein paar Schritte zurück, öffnete rasch die Tür und schob mit weiter Handbewegung einen sich höflich widersetzenden älteren Herrn hinein, dessen zierlicher Oberkörper wie eine Gebärde der Entschuldigung für die ihm aufgedrungene Peinlichkeit leise von rechts nach links und von links nach rechts pendelte, während über seinem zu kleinen Mund ein aufgeregtes Bärtchen gegen die zugefügte Gewalttat zu protestieren schien. Hinter der schmalen Gestalt des Generalgouverneurs aber stand wie ein köstlicher Gobelin in einem langen grünen Samtmantel die Comtesse Laura de Jonquerettes.

Der König verharrte noch immer in derselben Stellung am Fenster seines Abteils. Den Blick ins Entlegene getaucht, sah er über die Landschaft hin, die breiter und offener geworden war. Wie weiche Wellen schlugen die Felder und Wiesen an den Bahndamm, glitten verfließend zurück und wölbten sich bis an den Hori-

zont, wo sie schweigend im blauen Firmament versanken.
Er legte die Hand wie einen Schild vor die Augen, um sich zur Konzentration zu stimmen, und besann von neuem das Unbegreifliche, daß aus einigen freundlichen Stunden ein Beglükkendes und zugleich Beklemmendes, ein Wunderbares und zugleich Erschreckendes aufgestiegen war, welches wie ein Geträumtes der vernünftigen Deutung und begrenzten Form entschwebte.
Die Außenseite des Hergangs, dessen Nachgefühl den König in einen so seltsamen zwieschlächtigen Zustand versetzte, war folgende gewesen:
Am Morgen nach jenem Theaterabend hatte der König zu ziemlich früher Stunde auf einem Nebenwege der Kurpromenade die Comtesse Laura getroffen. Sie war stehen geblieben, als ob sie einen höfischen Knicks in ernsthafte Erwägung zöge, hatte aber dann nur mit einer reizend gespielten Befangenheit gelächelt, wobei sich die Grübchen in dem ebenmäßigen Oval ihres mattbraunen Gesichtes vertieften und leicht nach oben schoben. Darauf hatte sie der König mit seiner urbanen Verbindlichkeit angeredet, die durch einen leisen Ton gepflegter Melancholie bestrickte, und sie waren ein Stück zusammen weitergegangen, in jener unpersönlichen Koteriesprache der großen Gesellschaft plaudernd, die das Gegenständliche redensart-

lich verflüchtigt und das Geschehen spielerisch veranekdotet und nach einem stillschweigenden Gesetz des Taktes ohne private Zudringlichkeit und wirkliches Ernsthaftnehmen dahinfließt.
Die Begegnungen hatten sich sehr bald durch feste Abmachung und rasche Gewöhnung zu Spaziergängen ausgedehnt, die sich nicht mehr nur an Vormittagen, sondern immer häufiger auch an Nachmittagen, ja sogar an den Abendstunden nach der Tafel wiederholten. Die absichtsvolle und umständliche Programmatik des königlichen Tageslaufes war dadurch völlig über den Haufen geworfen worden, aber alle Kabalen und Listen des hell verzweifelten Grafen Kray-Knäckebüll vermochten nicht den Eigenwillen des Königs zu durchkreuzen, der eine bemerkenswerte Geschicklichkeit entwikkelte, hinter Nachgiebigkeiten unnachgiebig zu bleiben.
Obwohl der König mit der Comtesse weniger begangene Wege bevorzugte und abgelegenere Milchwirtschaften und Teestuben aufsuchte, konnte es natürlich doch nicht ausbleiben, daß eine beschäftigungslose Badegesellschaft, gewöhnt, sich die Langeweile eines Kuraufenthaltes mit der Beobachtung und dem Beklatschen der Nachbarn zu verkürzen, sich einer so unerwarteten und geradezu sensationellen Begebenheit in einer Art sportlicher Begeisterung mit der größten Genauigkeit annahm.
Übrigens war der König ein wohlgeübter und

eindrucksvoller Spaziergänger, dessen nobel verhaltenem Schritte man auf der Promenade mit respektvoller Bewunderung nachsah. Geriet doch beim Promenieren ein königliches Lebensmotiv unmittelbar ins Spiel, denn in dem Wort schon schwingt die Vorstellung des Sichdarstellens mit. Und konnte es einen dekorativeren und liebenswürdigeren Hintergrund für eine königliche Selbstrepräsentation geben als eine schöne verrätselte Frau, die der Ruch der Fremdartigkeit umwitterte und das Geraun der Menschen umwisperte? Aber er konnte sich auch nicht verhehlen, daß er noch niemals wie im Gange neben dieser Frau im Rhythmus des Schrittes die Übereinkunft mit einem andern Leibe gespürt hatte. Und soweit er davon entfernt war, solche Empfindung in seinen Worten selbst anklingen zu lassen, so mußte er sich doch eingestehen, daß er auch im Gespräch, obwohl dieses weder im Tone noch in der Sache in irgendwie bemerkenswürdiger Weise in tiefere oder persönlichere Lagen griff, sich mit ihr in einer seltsamen, wie von allem Anfange an zugewogenen Übereinstimmung fühlte.
Aber diese erstaunlichen Wahrnehmungen bekundeten sich in seinem Verhalten höchstens als ein gelegentlich etwas festerer und längerer Händedruck oder als ein hingezögertes Verweilen seiner Lippen im korrekten Handkuß beim Abschied. An einem der letzten Nachmittage allerdings, als sie die kurze auf das Kurhaus

führende Ladenstraße entlanggingen, der luxuriöse Auslagen vielerlei kostspielige und unnützliche Dinge für die Zerstreuung der flachen Sorgen und launischen Melancholien verwöhnter Weltkinder zur Schau stellen, betrat der König überraschend das allerseits bekannte und allgemeingerühmte Wiener Geschenkartikelgeschäft der Witwe Apollonia Gfrerer. Er zeigte ohne weiteres Umsehen sich zu einer reizenden Petit Point-Tasche mit einem Blumenstücke im Geschmacke des Biedermeiers entschlossen, dessen gelbviolette Stiefmütterchenblüten so arrangiert waren, daß sie den Buchstaben »L« ergaben, auf den aus dem Hintergrunde einer antikisierenden Landschaft ein kleiner köcherbewehrter Amor mit einem Pfeile zielte.

Äußerst drollig war übrigens bei diesem Einkaufe die Verwirrung sowohl des Königs, der, ungewohnt selbst zu zahlen, mit dem heillosen Durcheinander von Scheinen und Münzen, das er aus verschiedenen Taschen seines blauen Sakkos ans Licht brachte, nicht zu Rande kommen konnte, als auch der hübschen jungen Verkäuferin, die, mit dem dunkelblonden Schmelz einer lieblichen wienerischen Empfindsamkeit, unverlangterweise Schachteln öffnete und wieder schloß, Deckel vertauschte und Dosen, Fächer und Täschchen fallen ließ, bis wechselweis der König das bestürzte Fräulein und das Fräulein den alltagsfremden König zu beschwichtigen suchte.

Der König aber verstand den ganzen Vorgang mit so viel leutseliger Heiterkeit zu umgeben, daß schließlich die Überreichung des Geschenkes an die Comtesse mehr einem improvisierten, fast scherzhaften Akt der Courtoisie als einer ernsthaften Huldigung glich, wobei er nicht verfehlte, die Comtesse mit artiger Neckerei daran zu erinnern, daß im Englischen Stiefmütterchen heart's ease, Herzensruh, hieß.

Inzwischen rückte der Tag der Abreise für den König heran. Er, der sonst einen Wechsel des Schauplatzes zu begrüßen pflegte, da dieser für die Ausgeglichenheit seines täglichen Lebens wenigstens eine neue Kulisse versprach, war von einer richtigen Sehnsucht nach dem Glück des Verweilens gepackt, von einer ihm bisher unbekannten Angst vor dem unerbittlichen Rinnen und Gleiten der Zeit. Gegen alle Widerstände und Einwände des Grafen Kray-Knäckebüll hatte er mit der ärztlichen Fürsprache des Dr. Bedinga eine Verlängerung des Aufenthaltes um einige Tage durchsetzen können. Als Reisetag war nun der äußerste Termin bestimmt, der dem Könige noch ein rechtzeitiges Eintreffen zur Verlesung der Thronrede bei der feierlichen Parlamentseröffnung gestattete. Während der Ministerpräsident – das war die Sicherung, die Graf Kray-Knäckebüll gegen mögliche Überraschungen, die sich aus der fehlerhaften und unordentlichen Lage des Königs noch ergeben könnten, eingebaut hatte – sich trotz seiner starken Inanspruchnahme loyalerweise bereitgefunden hatte, dem Könige einen halben Tag entgegenzufahren. So war eine nochmalige Verschiebung platterdings unmöglich. Sie hätte mit ihren Rückschlüssen auf den Gesundheitszustand des Königs zu unverantwortlichen politischen Komplikationen geführt, um von den schlimmeren Wirkungen alarmierender Gerüchte zu schweigen, die bereits jetzt in gewissen Kreisen der Hauptstadt umgehen sollten.

Der König hatte bis zuletzt vermieden, der Comtesse von Abschied und Abreise zu sprechen, trotzdem ihr natürlich wie jedermann im Kurorte deren nahes Bevorstehen bekannt war. Aber eine sonderbare Angst vor etwas Unvorhersehbarem und Unberechenbarem, vor einem Geheimnisvollen und Verborgenen hielt ihn von dem Natürlichen zurück. Er ahnte, daß dieses Abschiednehmen sich nicht in die verkühlte und formale Harmonie begrenzter und zugelassener Gefühle bescheiden möchte. Er spürte, daß zwischen ihnen trächtig und unerlöst ein Wort wartete. Und er glaubte, daß es ein Mut heischendes, gefährliches Wort sein müßte, welches die herrschaftliche Gelassenheit seiner würdevollen und verpflichtenden Existenz bedrohen könnte.

Da machte der letzte Nachmittag vor dem Tage der Abfahrt aller Freiheit der Entschließung ein absonderliches Ende.

Der König hatte, wie schon häufiger, die Comtesse auch für diesen Abend um ihre Gesellschaft zu einem kurzen Spaziergang gebeten, auf dem nun endlich und notwendigerweise das Abschiedswort zu finden, er sich vorgesetzt. Sie reichte ihm schweigend ihre Hand, über die er sich tief und lange beugte, bis sie sie seinen Lippen behutsam entzog. Als der König den Kopf hob, schlug sie den Blick, den bislang die

Schatten ihrer langen Wimpern verborgen gehalten hatten, zum ersten Male zu ihm auf. Den König überflutete ein leuchtender Strom aus zaubergrünen Augen, in deren Mitte ein ruheloses Feuer wie der bewegliche Stern eines schimmernden Smaragden funkelte.
Ein süßer und bebender Schauer überrieselte den König. Er verspürte einen leichten Schlag in der Herzgegend, der ihm das Blut in die Schläfen jagte und am Halse pochen ließ, so daß er die Augen schließen mußte. Als er sie wieder öffnete, war die Comtesse verschwunden, nur ihr Blick brannte noch in seinen Augen.
Ein unbekanntes Entzücken und eine tiefe Erschrockenheit verdrängten sich wechselweise in seinem Herzen, das so bald ungestüm, bald ängstlich in der Bereitschaft zu sich selber schlug. Mit unaussprechlichem Staunen glaubte er wahrzunehmen, daß Gefühle, die bislang unter der vereisenden Decke der Konvention überwintert hatten oder in wohlfeiler Lust ver-

stummt waren, aufbrechen und auferstehen wollten.
Berückt und verwirrt, mit einer Art von Atemnot der Empfindungen, langte er zu Hause an. An der Abendtafel war er, der auch vom Alltäglichen durch dekorative Akzente eine gewisse Festlichkeit erwartete, so zerstreut, daß er der traditionellen Gewohnheit vergaß, in einer kleinen intimeren Rede, die sich scherzhafte persönliche Anspielungen nicht zu versagen brauchte, den Herren seiner Begleitung am letzten Tage einer gemeinsam verlebten Reisezeit seinen Dank und seine Wünsche auszusprechen. Stattdessen hob er die Tafel mit befremdender Hast und der zwielichtigen Begründung vorzeitig auf, daß wohl noch ein jeder am heutigen Abend das Seine zu ordnen haben würde.
Als nach ungeduldiger Erwartung der König endlich zur angesagten Stunde des Spazierganges wie gewöhnlich durch die Hinterpforte den Garten seiner Villa verlassen wollte, trat aus dem Dunkel ein älterer Mann auf ihn zu, den zu erkennen die Finsternis zunächst nicht recht erlaubte. Es war ein Bedienter, der sich sogleich tief verbeugte und devotest bat, Seiner Majestät eine Mitteilung der Comtesse Laura de Jonquerettes überbringen zu dürfen. Die Comtesse sei untröstlich, daß eine schmerzliche Nachricht sie genötigt habe, sofort nach Paris zurückzureisen. Sie bäte Seine Majestät, als ein untertäniges Zeichen des tiefen Dankes für die vielen

Beweise der allerhöchsten Gnade diese kleine Erinnerungsgabe huldvollst entgegennehmen zu wollen. Dabei überreichte der Diener eine schmale, in weißes Seidenpapier gewickelte Schachtel. Der König hatte einen Augenblick das Gefühl, als ob er unaufhaltsam in den Boden sänke und ein ekles kaltes Tier sein Herz überkröche. Dann straffte er sich rasch ein wenig empor, dankte dem Mann mit gefaßter Herablassung und ging mit etwas schleppenden Schritten in das Haus zurück.

Die Schachtel, die ohne begleitendes Schreiben übergeben war, enthielt ein zierliches goldenes Zigarettenetui. Auf der Innenseite des Deckels hatte eine energische steile Schrift den Vers graviert:

»Le sévère dieu du silence
Est un des frères de la Mort.«

Der König war aufgestanden, um durch das Auf- und Niederschreiten in dem geräumigen Abteil des Salonwagens seine selbstredenden Gedanken in sich hinabzuringen. Aber das Schütteln und Stoßen des Zuges ließ es nicht zu, seinen unsicheren Gang mit dem Rhythmus seines Inneren in Gleichklang zu bringen. Es war, als ob im Takte des Rumpelns und Donnerns der Räder boshafte Kobolde unablässig Laura riefen, jetzt in Trochäen Láura, Láura, Láura, dann bei der nächsten Weiche in Jamben umschlagend Laurà, Laurà, Laurà.

Plötzlich trat ein Entschluß in sein Gesicht. War es nicht zweckvoller, den Druck aus sich herauszulassen, statt ihn immer wieder in sich aufzufangen und dadurch fortdauernd weiterzuspannen? War nicht die Aufzeigung des eigenen Zustandes mit Worten das weise Mittel aller nur denkbaren Formen der Beichte, um sich von einer Last zu befreien und sich seiner Ruhe wieder zu versichern? Natürlich dachte er nicht an etwas, das ein gutartiger und herzlicher Glaube an das Einanderverstehen der Menschen ein Sichaussprechen nennt. Denn er war sich der Einzigartigkeit und gefährlichen Erhabenheit seines Berufes sehr bewußt, der ihn ebenso hoch über das Gemeinsame des Lebens und über die Norm menschlicher Schicksale stellte, wie er ihn ausschloß vom Glücke der großen Zahl, der Wärme der Leidensgenossenschaft und dem Troste der gleichen Bedingnisse. Aus dem sorglosen Glanze und der immerwährenden Huld, die vor der Welt darzustellen, von der Wiege an die Verpflichtung seiner Existenz bildete, war schon in jungen Jahren in ihm jenes Gefühl aufgestiegen, das sich in einer besonderen Melancholie der Könige und großen Herren zu zeigen pflegt.

Er wußte aus Erbteil und Erziehung und hatte es in bitterer Erfahrung erprobt, daß es für ihn niemanden zum Aussprechen geben konnte. Aber in der Gesichertheit und Geübtheit einer Gesprächssituation, in der der Andere an ihn, den

König, ungefragt und ohne Aufforderung nicht das Wort richten würde, traute er sich wohl zu, durch eine gegen sich selber intrigierende Vieldeutigkeit dem Anderen etwas abzufragen, das ihm bis dahin über sich selber verborgen gewesen war, um gleichsam von einer fremden Sache redend, die eigene heimzuführen.
Der König nahm aus dem zierlichen goldenen Etui die letzte Zigarette, ließ die Augen noch einmal über den Vers am Deckel gleiten, bevor er es schloß und in die innere Tasche seines Sakkos versenkte. Dann öffnete er das Fenster, damit der frische Luftzug den Rauch herauswehte, und klingelte nach dem Kammerdiener Brauns.
»Ich lasse Herrn Dr. Bedinga auf einen Augenblick bitten«, sagte er kurz, wobei er den Kopf leicht zurückwarf und mit der rechten Hand eine abgerissene kommandoartige Bewegung vollführte, die in die Richtung des Wagens wies, in dem Dr. Bedinga sich aufhielt.
Dr. Bedinga versah sich eines solchen Befehls keineswegs. Er hatte seine Jacke ausgezogen, die Krawatte abgelegt, den Kragen geöffnet, lag bequem ausgestreckt in seinem Abteil und las in einer englischen Ausgabe des Atharvaveda, dessen Zauberlieder und Beschwörungssprüche ihn seit seinen Indienreisen als deutscher Schiffsarzt immer wieder seltsam bewegten.
Er stand auf und begann umständlich und mit großer Sorgfalt sich anzukleiden. Denn da er in der höfischen Hierarchie einen gewiß beachtli-

chen, doch immerhin bürgerlichen Platz einnahm, legte er besonderen Wert darauf, nicht durch Unsicherheiten oder Nachlässigkeiten im Schneiderlichen seinen Stand jedem halbwegs Kundigen anzuzeigen, wie es bei den anderen, ihm allerdings im Ansehen nachgeordneten Hofämtern bürgerlichen Ranges wie Predigern, Vorlesern, Lehrern und Gouvernanten gemeiniglich der Fall war. Dem Stil des Hofes entsprechend, der sich nach der herrschenden Mode, doch ohne Betontheit in Farbe und Schnitt kleidete, ging sein Bestreben auf eine unauffällige Vollkommenheit des Anzuges, die er die Moral der Toilette zu nennen liebte.

Dann begab er sich mit Schritten, die dem Schütteln des Zuges noch wie dem Schlingern eines Schiffes begegneten, in den Salonwagen ohne zu bemerken, daß der Graf Kray-Knäckebüll seinen Abgang sehr wohl beachtet hatte.

Als Dr. Bedinga das Abteil des Königs betreten wollte, hielt er unwillkürlich inne. Wie immer, wenn etwas sein Herz bewegte und seinen Geist ergriff, legte er seinen Kopf leicht auf eine Seite und blies langsam die Luft durch die Nase.
Der König schien einem inneren Träumen hingegeben. Er hatte dem Dr. Bedinga das Profil zugekehrt, dessen edle Linie von einer aufgewölbten und entblößten Stirn über eine scharf abgebogene Nase in die Furche des Mundes abfiel, um in einem weichen Kinn auseinanderzulaufen. Noch nie hatte Dr. Bedinga die Wesensverschiedenheit zwischen Profil und Vorderansicht in diesem Antlitz so tief wahrgenommen wie in diesem Augenblicke. Wenn man von dem flauen und unreinen Abklingen des Kinns einmal absah, so gab ein vollendetes Maß und Gleichgewicht diesem Profil etwas Überpersönliches, Beispielhaftes und Unveränderliches, so daß man glauben konnte, darin das Sein und die Kontinuität, das Gesetz und den Rang einer erhobenen und erhabenen Lebensform ausgedrückt zu finden. Erinnerte man sich aber des Gesichts von vorne, seines kühl gesammelten und maskenhaft verbindlichen Ausdrucks, des gleichgültigen, etwas müden und hochmütigen Fernblicks seiner Augen über den hochgestellten Backenknochen, der genießerischen Linien und vielen spöttischen Fältchen um einen vom Hoheitsvollen geprägten Mund, dessen natürliche Emp-

findsamkeit ein kurzgeschnittener Schnurrbart nicht verbergen konnte, so war es ein Gesicht des Gegenwärtigen, des Wechsels und des Veränderlichen. Es gehörte einer einmaligen Existenz und einem einmaligen Menschen an, dessen Wesenskern nicht leicht zu treffen und dessen Tiefe schwierig aufzureißen war.

Als nun der König sich herumdrehte und eben dieses Gesicht ihm zuwandte, erschrak Dr. Bedinga fast vor seiner Wirklichkeit, die das Bild der Vorstellung noch überdeutete. Der König legte die leichte Betroffenheit seines Leibarztes auf seine Weise aus, und während die Rechte in einer vollendeten Linie zum Gruße ausschwingend ihn zum Sitzen einlud, begann er mit seiner etwas leisen und pointierenden Stimme auf eine gefällige und unverfängliche Art vom Wetter, vom Kuraufenthalte der letzten Tage und von der Bahnfahrt zu plaudern, die er sich durch die Lektüre eines Romans in der neuesten Nummer einer Pariser Revue verkürzt. Der Roman habe wie eine der üblichen Dreiecksgeschichten zwischen Mann, Frau und Freundin begonnen, die die Franzosen in immer wieder verfeinerten und gepflegteren Distinktionen abzuwandeln verstünden.

»Doch vom Ende her«, setzte der König wie beiläufig hinzu, »hat er mich zu fesseln angefangen, das heißt das Ende war eigentlich die Mitte und Akme, denn der Schluß der Erzählung folgt erst im nächsten Heft. Die Mitte aber

endet so, daß der Mann entschlossen ist, sich von der Freundin zu trennen, bevor sie es ganz geworden, aus Gründen, die der Autor verhüllt und nur vage in einer ziemlich banalen Angst des Mannes vor dem Lendemain nach dem Sinnengenuß andeutet. Der Mann zögert seinen Entschluß immer wieder hinaus, bis die Freundin, in voller Erkenntnis der männlichen Absicht, ihm zuvorkommt, wortlos abreist und ihm zum Abschied nur die beiden Verse zurückläßt:

»Le sévère dieu du silence
Est un des frères de la Mort.«

Der König hatte in dem angenehmen und wohlüberlegten Tonfalle gesprochen, in dem er etwa dem Präsidenten einer wissenschaftlichen Vereinigung zu erwidern oder den Vorstand eines literarischen Klubs in ein allgemein beifällig bemerktes Gespräch zu ziehen pflegte. Es stand ihm für solche Anlässe, die das Erscheinen des privaten Menschen in der herrscherlichen Person wohl erlaubten oder sogar anempfahlen, eine humane und liberale, gewissermaßen abgeschirrte und zivile Ausdrucksform zu Gebote, die sich durch eine große Fertigkeit auszeichnete, Gelesenes und Gehörtes mit Bedeutung zu verbrauchen, während er sonst eine leicht zerstückende, kommandoartige, militärische Redeweise bevorzugte.

Er sah aus den Augenwinkeln rasch zum Dr. Bedinga hinüber, um die Wirkung seiner Worte abzuschätzen, konnte aber zu keinem rechten Eindruck kommen, da dieser nach seiner Gewohnheit den Kopf auf eine Seite gelegt hatte und die Luft leise durch die Nase blies, was dem Gesicht etwas Abwesendes und Unbestimmbares gab. So fragte der König denn nach kurzer Pause:

»Wie würden Sie diese Verse für den Fortgang der Erzählung deuten?«

Er sah Dr. Bedinga wieder an, doch nun fest und erwartungsvoll. Dieser rieb sich verlegen die Hände. Wo wollte der König bei dieser an den Haaren herbeigerissenen Gelegenheit mit ihm hinaus?

»Ja, Majestät, die Verse sind ein Orakelspruch«, sagte er schließlich in seiner bedächtigen, ein wenig altklug wirkenden Art. »Und wie alle Orakelsprüche sind sie mehrdeutig. Aber da der Autor der Freundin die Sibyllenworte in den Mund legte, so wendet sich ihr Sinn wohl gegen den Mann.« Und da der König schwieg und ihm ermunternd zunickte, so fuhr er fort:

»Wenn ich recht verstanden habe, so erfährt der Mann erst an diesen Worten, daß die Frau, die er mit seinen Affekten nur zu umspielen glaubte, ihn wirklich ergriffen hat, daß er sie liebt. Was es aber mit ihr für eine Bewandtnis hat, weiß ich nicht recht.«

»Sie glauben, sie liebt ihn nicht?« fragte der König schnell und überrascht.

»Ich weiß es nicht recht«, wiederholte Dr. Bedinga langsam. »Wird der Schmerz einer in ihrer Leidenschaft gekränkten und in ihrer Liebe getäuschten Frau in erlesenen Abschiedsversen verströmen und verklingen? Wer den Schmerz wirklich erleidet, der dichtet ihn nicht. Wer aber den Schmerz dichtet, der genießt ihn schon.«

»Nun weiß ich aber nicht«, wehrte der König lächelnd ab, »ob es Ihnen nicht beliebt, falsch zu schließen. Warum soll eine Frau ein tiefes Gefühl – ich möchte beinahe sagen aus einer echten Scham – nicht in die verklärte Liebessprache eines vergangenen Jahrhunderts hül-

len? Wenn Sie recht hätten, bliebe unserem Autor doch eigentlich nur der Schluß, einen etwas komisch verliebten Ehemann in die trostvollen Arme der Gattin zurückzuführen. Eine so vulgäre Lösung scheinen mir gerade die Verse nicht zuzulassen.«

In dem spielerischen Aufgeben des konventionellen Umgangstones spürte Dr. Bedinga deutlich das persönliche Interesse des Königs an dem Gespräch, das sich harmlos stellte und offenbar doch etwas zu verbergen hatte und in seinem Ziel absichtsvoll verhüllt gelassen wurde. Dr. Bedinga wußte heute sehr wohl, daß eine solche aus der Etikette entlassene Unterhaltung eine besondere Sprache voll geheimer Verabredungen verlangte, die nicht minder wie die gewöhnliche Regel der höfischen Ordnung zu dienen hatte, in die man sich stellen sollte, wie übrigens auch ohne Widerrede bei anderen

Ordnungen, als bemerke man die persönlichen Hintergründe nicht. Alles Augenzwinkernde und Zuverstehengebende des Wissens und Durchschauens rief augenblicklich in dem Monarchen das Narzissentum des Königseins auf, das unter dem sofortigen Abbruch des Spiels und der Ausschaltung des Partners sich in sich selbst zurückzog.

So setzten denn der König und Dr. Bedinga ihr verschlungenes Gespräch in der Übereinkunft eines höflichen Betrügens fort, gewissermaßen wie ein redliches Falschspiel, in dem ein jeder Bescheid wußte.

»Es gibt für unseren Autor«, wandte Dr. Bedinga bedächtig ein, »vielleicht doch noch andere Möglichkeiten, zum Beispiel einen ironischen Ausweg statt jener bürgerlichen Heimkehr. Für mich als Arzt, der nun einmal in dem Rufe steht, die Menschheit als eine Sammlung klinischer Fälle zu betrachten, gibt es eine Pathologie der Liebenden. Für leichtere Fälle empfiehlt sich ein homöopathischer Heilungsweg. Die Liebelei ist ein bewährtes Palliativ gegen die Leidenschaft.«

»Nein, mein lieber Doktor, mit der Diagnose der Ironie lasse ich Sie nicht aus.« Und die vielen spöttischen Fältchen um den hoheitsvollen Mund des Königs zitterten und zuckten fröhlich. Da er schon besorgte, sich zu sehr ausgesetzt zu haben, war ihm die Abschweifung in das Nebensächliche eben recht, das einem

Gespräche immer Rückhalte und Sicherungen bot. So fuhr er denn in der eingeschlagenen Richtung fort:

»Ihr Rezept erinnert mich an ein Wort meines Vaters, der halb ernsthaft, halb scherzhaft zu sagen pflegte, daß alle unsere Verwirrungen in der Liebe nur daher kämen, daß wir nicht mehr mit der holden Klarheit der Griechen die Frau als Mutter und als Hetäre unterschieden.«

Nun lächelte der Doktor und begann nicht ohne komisches Talent mit verstelltem Pathos zu zitieren:

»Es ist, als ob ein häuslich ehrbar Los
Und echte Lieb einander meiden müßten.
Der Dichter malt die Werbung riesengroß,
Doch von der Ehe gibt es nichts als Büsten.
Wer kümmert sich um ehelich Gekos?
Es war ein Unrecht, wenn sich Gatten küßten.
Ob wohl Petrark als Lauras Mann Sonette
Sein Leben lang geschrieben hätte?«

Der König hatte amüsiert zugehört, bis bei der Nennung des Namens Laura das Lächeln auf seinen Lippen innehielt wie ein unvollendeter Satz.

In diesem Augenblicke glaubte Dr. Bedinga das persönliche Anliegen des Königs ganz zu durchschauen, und er fühlte aus der Tiefe seines Wesens eine Ermächtigung, ihm als Arzt und Mensch zu antworten.

»Eros beherbergt neckische Kobolde und bellende Erynnien«, fuhr er daher schnell und mit einem etwas zu bemühten Versuch fort, scherzend die Gesprächsatmosphäre wiederherzustellen.

»Durch jene dunklen Verse vom strengen Gott des Schweigens läßt uns der Autor in einer absichtsvoll ungewissen Spannung, welche Geister er loslassen wird. Er nimmt das Paradox jedes Schöpfers in Anspruch, seinem Geschöpf die Entscheidung zuzuschieben, während er doch die Lenkung in Händen hält. Er erteilt ihm daher nur eine metaphysische Verwarnung, das Ganze seines Lebens auf sich zu nehmen, angenehme wie böse Erfahrungen, leichte Lust wie schweres Leid. Denn wer das Schicksal betrügen will um einen Teil, der ihm zugedacht, der lebt nicht mehr in der Ordnung seines Ganzen. Das Gesetz des Lebens und das eigene Gesetz treten in ihm auseinander, spalten ihn auf, bannen ihn aus dem Leben und zerbrechen ihn im Kerker seines Selbst. Nur wer sich selbst zum Opfer bringt, kann dann zurückkehren in die Ordnung des Ganzen.«

Der König sah mit einer Art von Jägerblick für die Motive der Menschen aus den Augenwinkeln rasch zu Dr. Bedinga hinüber: »Sie werden das wohl noch etwas näher erklären müssen.«

»Ich würde es vielleicht am besten an einer Legende erläutern können«, erwiderte Dr. Bedinga nachdenklich, »an einer indischen Legende«, fügte er dann noch hinzu.

»Bitte«, sagte der König kurz und willig, denn die Isolierung in einem dahineilenden Zuge förderte auch in ihm eine innere Bereitschaft, aufzunehmen und sich mitzuteilen.

Einige Augenblicke blieb es so still, daß man über dem dunklen Lärmen der Räder das leise und helle Stöhnen der Stahlwände des Eisenbahnwagens hören konnte.

Draußen im Scheine der frühen Dämmerung reckte sich die waagerechte Ebene in eine schwebende Weite, als ob sie in einer zu erwandernden Ferne das geheime Maß ihrer Natur suchte. Der umgrenzende Horizont schwamm in seinem eigenen Schleier, in dem ein mattes Rosa und blasses Orange zu einem fahlen bläulichen Weiß erloschen.

Die Nähe aber schien sich von dem Glanze des Tages nicht trennen zu können. Das Licht der scheidenden Sonne lag scharf und abgeschattet auf den Dingen, machte sie körperlos und geistig und gab ihnen überdeutliche und pathetische Umrisse, ehe sie ins Dunkel sinken würden. Scheu und weich schmiegten sich die ersten Schatten in die bergenden Winkel des verdämmernden Abteils.

Dr. Bedinga hob den Kopf ein wenig empor, blickte einige Sekunden sinnend in die verfließenden Gebreite der Landschaft und begann dann mit gedämpftem Bedachte zu berichten:

»Als wir auf meiner letzten Ostasienfahrt mehrere Tage in Colombo lagen, benutzte ich mit einigen Passagieren die Gelegenheit zu einem Ausflug in das Innere Ceylons, um jene Tempel zu besuchen, die sich wegen des Juwelenreichtums ihrer Götterbilder bei Europäern und Amerikanern eines kompromittierten Interesses erfreuen. Am Abend vor unserer Abreise beendeten wir unsere mehr durch äußere Neugierde als durch inneres Bedürfnis geleitete Besichtigung mit dem Besuche eines Tempels, in dem ein großartiges Kultbild des Gottes Schiwa eine weit über die Insel ausgreifende Verehrung genießt. Der langjährige und angesehene Vertreter eines der ersten europäischen Handelshäuser, der sich für diesen Tag liebenswürdigerweise freigemacht hatte, um die Führung unserer kleinen Gesellschaft zu übernehmen, war dem Wesen dieser fremden Welt gegenüber von jener herzhaften und unbekümmerten Beziehungslosigkeit, die man bei den meisten Kolonialeuropäern findet. Dafür kannte er als einer, der dazu gehörte, alle Geschichtchen, die zwischen Kalkutta und Bombay in Klubs, bei dinner-, garden- und bridge-parties umgingen, und auch über die Statue des Schiwa wußte er mit einer kleinen Sensation aufzuwarten. Sie war einst hochberühmt gewesen durch die dem Gotte als Augen eingesetzten erlesenen Smaragden, von deren Größe und Wert unser Führer nicht genug des Redens machen konnte. Aber vor etwa einem Jahre waren die Steine plötzlich auf eine noch immer völlig unaufgeklärte Weise verschwunden. Allerdings mußten die Diebe äußerst geschickt verfahren haben, denn an den entleerten Augenhöhlen waren keinerlei Spuren von Gewalttätigkeit zu entdecken. Alle sofort eingeleiteten und eifrigst fortgeführten Nachforschungen nach den Tätern verliefen fruchtlos, und die schärfste Beobachtung des Marktes und Verkehrs ließ die Steine nicht auffinden. Ihr Versteck war bis heute rätselhaft und verborgen geblieben.

Ich hatte mich etwas abseits der Gesellschaft gehalten, um mich durch ihre Bemerkungen, die sich auf den Gleisen unseres Führers weiterbewegten, nicht in meinen Eindrücken allzu sehr stören zu lassen, als ich mich deutlich beobachtet fühlte. Ich wandte den Kopf und sah in das lächelnde Angesicht eines weißbärtigen alten Brahmanen, der uns hierher still und unauffällig gefolgt war. Da ich seine prüfende Blickweise als eine Aufforderung an mich glaubte auslegen zu dürfen, so blieb ich noch zurück, als unsere Gesellschaft weiterging, näherte mich ihm unter einigen Höflichkeiten und fragte ihn dann wie beiläufig nach seiner Meinung über den Verbleib der Smaragden.

Er wartete ein wenig, bis meine Gesellschaft, die den heiligen Ort mit ihrem Geschwätz und Gelächter erfüllte, sich weiter entfernt hatte. Dann sah er mich noch einmal abschätzend an und mit einem eigentümlichen Tonfalle des Englischen, der diese bequeme und sachbereite

Sprache in einer höchst unwirklichen Schwebung verklingen ließ, begann er zu erzählen: ›Sie wissen wohl, daß Schiwa der Gott der Zerstörung und Vernichtung ist. Aber, wie Sie sehen, trägt er an dem Halsband aus Totenköpfen auch den Lingam, das Zeichen der Zeugung. Die indische Mythologie – und wir glauben‹, schaltete er lächelnd ein, ›nur im Mythos die Welt begreifen zu können – drückt damit aus, daß Vernichtung und Zeugung zueinandergehören und sich bedingen wie Tod und Leben, da schon im Untergange immer ein Neues entsteht. Was vor uns der Gott in sinnbildlichen Zeichen lehrt, das bringt das alte Epos Mahabharata als anschauliche Erzählung. Als Brahma einst die schönste aller Frauen, Tilottama, geschaffen hatte, ließ er sie den Kreis der versammelten Götter umschreiten. Von ihnen allen ergriff Schiwa, den Gott der Vernichtung, die stärkste Begierde nach der Schönheit des Lebens. Er empfand eine solche Lust, Tilottama immerfort anzuschauen, daß ihm vier Gesichte wuchsen, damit er sie bei ihrem Umgange nicht einmal aus seinen liebeflammenden Augen zu verlieren brauchte.

Dem Gemüte des Volkes ist diese Legende so vertraut und lieb, daß es sie aus der göttlichen Ewigkeit in die menschliche Zeit gezogen hat, um sie weiterspinnend ganz seinem gegenwärtigen Gotte anzuverwandeln. Wenn nämlich, so sagt der Mund des Volkes, eine schöne Frau vor dieses Bild Schiwas tritt, so wird der Glanz seiner smaragdenen Augen zu solcher Glut entfacht, daß sie gleich einem sich selbst verzehrenden Feuer ausbrennen und verlöschen.‹

Der Brahmane hielt ein wenig inne, und wie ich jetzt in das blinde Rund der dunklen Augenhöhlen sah, war es mir, als ob ich die Ergriffenheit so seltsam toter Augen schon einmal im Bilde erfahren hätte: Die Augen glichen steinberaubten Ringen, antwortete meine Erinnerung.«

»Steinberaubten Ringen«, wiederholte der König sich bedenkend, »ein kühner Vergleich, aber höchst einprägsam und dinglich.«

Dr. Bedinga murmelte etwas, das wohl Zustimmung bezeugen sollte:

»Nach einer kleinen Pause also nahm der Brahmane seine Erzählung wieder auf. ›Die Augen Schiwas nämlich‹, so fuhr er mit halblauter Stimme fort, ›sind nicht gestorben. Wie eine sterbende Seele von einem Leben ins andere wandert, so sind die Augen des Gottes hinübergewandert zu der Frau, für die sie ihm erloschen sind. Nun bestimmen die Augen Schiwas den Schicksalsauftrag der Frau. Sie wirken in ihr als göttliche Macht der Vernichtung oder Zeugung, bringen raschen Tod oder schenken neues Leben. Sie bleibt das Gefäß und Geschöpf des Gottes, bis Schiwa ihr den Mann erwählt, zu dem sie den Blick so glühend aufschlagen kann, daß nun in ihr die göttlichen Augen vor Hingebung ersterben. Dann können Schiwas

Augen zurückkehren in die wartenden Höhlen seines Bildes, und die Steine flammen wieder in ihrem grünen Sternenglanze wie zuvor.
Wenn aber der erwählte Geliebte sich dem Plane des Gottes versagt, dann muß Schiwa ihn vernichten, damit durch sein Opfer das Sansara sich erfülle.‹
Hier hielt der Brahmane wieder ein wenig inne. Und da ich schwieg, sagte er ganz einfach: ›So wartet nun das Volk mit ruhiger Gewißheit, daß die kostbaren Smaragden wiederkommen‹, und mit einem leisen, gleitenden Spott in den

Obertönen setzte er hinzu: ›Ich weiß, in dem europäischen Weltbilde rationaler Erfahrung hat eine Legende keine Wirklichkeit. Die meisten Europäer glauben, was sie erfahren, das verstünden sie auch. Wir aber brauchen die Legende notwendiger als die Wirklichkeit. Denn nur die Legende ist unwiderlegbar und unsterblich.‹
Ich trat noch etwas näher an das Bildnis heran und sah noch einmal tief in jene toten Götteraugen, die steinberaubten Ringen glichen. Als ich mich zurückwandte, war der Brahmane verschwunden. Ich konnte ihn nirgends mehr entdecken und mußte eilen, meine Gesellschaft einzuholen, die sich schon anschickte, den Tempel zu verlassen.«
Der König hatte während der ganzen Erzählung sich scharf in Obacht gehalten. Seine Miene war gespannt und undeutbar geblieben, nur der Blick, der anfangs etwas weit Entferntes zu suchen schien, war leicht ermattet in sich gesunken. Er warf den Kopf etwas zurück, und mit einer angenehm ausschwingenden Gebärde sagte er sehr verbindlich:
»Ich habe schon öfters bemerken dürfen, daß Sie nicht nur ein trefflicher Arzt, sondern auch ein Philosoph und Dichter sind.«
Dr. Bedinga hätte die Formen des plötzlichen Sichentziehens, deren sich der König zu bedienen pflegte, wohl voraussehen können, aber in dieser vom Könige selbst herbeigeredeten Lage

hatte er doch eine wenigstens gleichnishafte Antwort auf seine freimütige Allegorie gewärtigt. Nun flossen seine guten Absichten mit den Worten des Königs dahin. Fühlte denn der König nicht, daß seine geläufige Haltung und sein Schicksal nicht mehr in Deckung waren, daß sein Bewußtsein mit der anrückenden Forderung des Lebens nicht mehr Schritt hielt?

»Philosoph, Dichter, Arzt«, erwiderte Dr. Bedinga nach kurzer Überlegung mit ein wenig Schwermut im Schwingen der Stimme, »wäre allerdings eine ideale Trias, die den Menschen zu seinem besseren Teil führen müßte, die aber dem Professionalisten unserer Tage höchst selten noch beschert wird.«

Doch plötzlich schien er sich eines anderen zu besinnen.

»Majestät«, lenkte er mit einem kleinen Ruck in die Amtlichkeit hinüber, »früher als die Auswirkung des Kurgebrauches es wünschenswert machte, hat die hohe Verantwortung Eure Majestät zur Rückkehr in die Hauptstadt bestimmt.«

Um die Lippen des Königs spielte ein verborgenes Lächeln:

»Ach, lieber Doktor, die hohe Verantwortung ist nicht weit her oder vielmehr sie ist allzuweit her. Ein König vor einem Parlament ist wie ein a divinis suspendierter Priester.«

Der König liebte es, sich gelegentlich mit einem Hauch von Selbstironie historisch zu nehmen, obwohl ein jeder wußte, wie sehr ihm die dekorative Gewöhnung als ernster Beruf galt. Bei solchen Äußerungen trat in sein Gesicht jenes Überpersönliche, Beispielhafte und Unveränderliche, das Dr. Bedinga beim Eintritt in das Abteil wie das ewige Gesetz und Maß des Königlichen erschienen war.

Eigentlich hatte Dr. Bedinga noch einige ärztliche Ratschläge anfügen wollen, aber der König begann auf dem Tischchen vor ihm mit der rechten Hand einen Avanciermarsch leise anzutrommeln.

Dann stand er auf und warf einen kurzen Blick durchs Fenster in die ziehende Tiefe der Landschaft, die unter dem Atem der Dämmerung sich senkte und hob. Der Zug hatte das Vorfeld der großen Stadt erreicht. Unvermittelt und befremdlich ragten rotgeziegelt und weißgefügt die ersten zerstreuten Siedlungshäuser aus den grünen Flächen des Wiesenlandes auf. Manche duckten sich an dichte Gruppen violettaufglühender Tannenstämme oder suchten Schutz bei mächtigen Buchen. Dazwischen dehnten sich Gemüsefelder und weite Blumenbeete. In unzählbaren Kleingärten leuchteten Dahlien und Astern und an hohen Stöcken verblühten späte Rosen vor rotberankten Lauben. Es war, als ob die große Stadt ihre Sehnsucht nach dem Erdreich ausstreckte, bevor es zu Stein wurde.

Der König drehte sich kurz um, reichte Dr. Bedinga mit einer nervösen und doch nervigen

Eleganz die Hand und sagte mit einem leisen Tone gepflegter Hypochondrie:
»Wir sind gleich am Ziel. Es war mir wie stets eine besondere Freude, mich mit Ihnen so anregend de omnibus rebus et quibusdam aliis zu unterhalten. Bis gleich.«
Dr. Bedinga verneigte sich und gewann einige Schritte rückwärts tretend die Tür. Und mit Schritten, die dem Schütteln der Wagen wie dem Schlingern eines Schiffes begegneten, kehrte er, vom Grafen Kray-Knäckebüll wohlbemerkt, zu seinem Platz zurück.
Sobald Dr. Bedinga das Abteil verlassen hatte, erschlaffte die Haltung des Königs. Der Oberkörper sank ein wenig in sich zusammen, die kühl gesammelte und maskenhafte Verbindlichkeit des Gesichtes verfiel, um den hoheitsvoll geprägten und empfindsamen Mund sanken die genießerischen Linien und vielen spöttischen Fältchen tiefer ein, und die scharf gebogene Nase über dem weichen fliehenden Kinn trat beherrschend heraus, so daß sein Kopf jenen pferdeartigen Ausdruck annahm, den man bei Menschen alter Rasse häufig antrifft.
Er hatte sich in seiner Art dieser förderlichen Unterhaltung halb gegeben und halb entzogen und fand sich an ihrem Ende mehr noch als zuvor einem krausen und zwielichtigen Aspekt seiner Lage ausgeliefert. Er hatte geglaubt, sich auf die Politik des eigenen Lebens gut zu verste-

hen. Er hatte bisher die Widersprüche seines Daseins mit Geschick als Pointen gesetzt, aber sich niemals für genötigt gehalten, sie als Spannung durchzuleben und auszutragen. Doch diesmal hatte die Begegnung einer Frau in ihm etwas aufgerufen, das aufzubrechen allzu lange gezögert hatte. Nun durchdröhnte es ihn wie ein letzter Appell des rauschenden und zeugenden Lebens, der ihn verheißend und bedrohlich zwischen ein unwiderrufliches Nun oder Nie forderte. Er blätterte zurück in seiner Erinnerung und konnte seinem Zustande kein Gleichnis in seiner Vergangenheit finden. Mit Lächeln gedachte er der verstorbenen Hoffnungen und erloschenen Begeisterungen seiner Jugend und in wehlustiger Bescheidung der bunten Verlokkungen seiner späteren Jahre, in denen amou-

röse und kosmetische Vorstellungen von Frauen seine Beziehungen bestimmten. Waren seine Erlebnisse mit Frauen überhaupt jemals etwas anderes gewesen als Kurtisanenerlebnisse, die sich wohl gesellschaftlich oder gar romantisch bronzierten, aber doch stets den Rang und das Budget des Königs unvermeidlich in Anschlag zu bringen pflegten?
Er stellte dies ohne die geringste Bitterkeit fest und entsann sich der meisten dieser unbeschwerten und unverbindlichen Verbindungen gerne, ja fast dankbar, denn er fand es wohl in der Ordnung und eigentlich auch ganz angenehm, daß das Erotische einen gemütsfreien Preis hat. Das allerdings hatte seine gefügige Weltklugkeit kaum bedacht, daß die Erotik das Frauliche in genüßlichen und leichtfertigen Schicksalen zerflattern läßt. Aber hätte er in dem kühlen Klima seiner politischen Ehe mit einer frostigen Prinzessin etwas vom Wesen der Frau erfahren können?
Er war viel zu hochmütig und zu sicher gewesen, um Gefühle zu fürchten und Gefahren zu wittern, als er läßlich und seigneural die aparte Schönheit der Comtesse Laura de Jonquerettes dem ornamentalen Schmucke seines Auftretens unauffällig einzufügen gedachte. Unmerklich und stumm hatte sie dann das Entscheidende an ihm vollzogen. Mit der stillen Trauer, die von ihr ausging wie von aller schönen Vollendung, mit einer gebärdelosen Eindringlichkeit und

einer Verhaltenheit, die ein leiser Anflug zärtlichen Gefühls zu erwärmen schien, hatte sie eine neue Welt vor ihm aufgetan. Auf des Lebens Welle schon im Sinken, hatte er wie ein Erschauern vor dem Unendlichen das unbedingt Elementare erfahren, an dem die Frau alleine Anteil hat.

In der Überfülle eines einzigen Augenblicks hatte das Wundersame ihn überwältigt: als hinter den Mandeln smaragdner Augen ihre Seele hell aufglänzte wie ein Juwel und gleich einer überspringenden Flamme ihre Leidenschaft in sein Blut brannte.

Plötzlich fiel ihm wieder ein, daß seine Begegnung mit der Comtesse Laura nach der Vorstellung von »Cosi fan tutte« ihren Anfang genommen, nach einem Spiel und Beispiel der ironischen Lebenserkenntnis, die uns in der Liebe nicht eine Frau selbst, sondern die Vorstellung lieben läßt, die wir uns von ihr machen, so daß nach der Entdeckung der Alltag alles wieder in seine konventionelle Ordnung rücken kann.

Daß das parabolische Spiel in lächelnder Weisheit ausklang, als seine Verzauberung anhub, schien ihm eine gute Vorbedeutung für seine eigene Entwirrung. Denn er war nicht abgeneigt, der scheinbar zufälligen Entsprechung allgemeiner und persönlicher Vorgänge einen Gleichniswert für sein Leben beizumessen. Wie ihm denn überhaupt ein Aberglaube nicht fremd blieb, der in der Mißlichkeit des Augenblicks schon das Versprechen eines guten Ausganges sieht, so wie er in einem allzu großen Glücke die sichere Ankündigung nahen Unheils fürchtet.

Solche Abwägungen erleichterten und stärkten den König, ja erheiterten ihn fast, da er bemerkenswürdigerweise das vertiefte Bewußtsein seiner Verfassung schon für eine Lösung oder Entscheidung des Konfliktes mit sich selbst hielt.

Er warf den Kopf energisch zurück und klingelte nach dem Kammerdiener Brauns. Herr Brauns, offenbar längst in Erwartung des dringlichen Zeichens, war augenblicklich zur Stelle, Besorgnis und Vorwurf in den glattrasierten Mienen. In der Tat war es für den König höchst an der Zeit, sich seines auf Festlichkeit und Zeremonie stilisierten Tageslaufes zu erinnern.

Der Zug donnerte in langsamer Fahrt über die flachen Bogen einer endlosen eisernen Brücke dunkelroten schwerbeladenen Güterwagen entgegen. Auf dem breit heranschwingenden Wasserlaufe lagen ankernde Schiffe, aus vielen Schornsteinen von Rauchfahnen überweht und überragt an den Kais von dem Filigrangestänge der Kräne, die die schweren Lasten ergriffen wie Tiere ihre Beute, um sie gleichsam im Spiel und Spaß herumzuschwenken und als heraufgeschleuderte Fragmente wieder niederzuwerfen.

Immer enger wurden die Bahngleise eingeschnürt und immer schmaler die Horizonte der vorbeidrehenden Bilder. Straßenzüge kamen von weither heran und brachen wie angefangene Sätze unvermittelt ab. Ausdruckslose und kasernenartige Backsteinhaufen schoben sich dicht und drohend heran. Von der Brandmauer einer Zigarettenfabrik mit Türmchen wie Minaretts schrie eine grelle Riesenreklame die Reisenden an.

Der Zug ratterte jetzt wie in einer Straßenschlucht zwischen hohen Mietblocks dahin, überquerte schmale Kanäle, deren Wasser bis an die Häuserfronten griff, und überdröhnte laute und gleichgültige Straßen mit Scharen von Kindern und billig gekleideten Menschen, mit hochbefrachteten Wagen und übervollen Bahnen. Wie ein breites brodelndes Brausen brandete das Geroll, Getrab und Gekling gegen die Fenster des fahrenden Zuges. Durch das Abteil wischten die Lichter hoher Bogenlampen. Dann lief der Zug mit fauchendem Gezisch in die taghelle Wirklichkeit der Bahnhofshalle ein.

Dem durchaus privaten Charakter des Aufenthaltes gemäß hatte man für den Empfang des Königs Vorbereitungen von diskreter Aufmerksamkeit getroffen. Zur festlichen Erhebung des Vorganges war von der Stelle des Bahnsteiges, wo der Salonwagen halten würde, ein roter Teppich zum Fürstensalon gelegt, einem dunklen, etwas muffigen Zimmer mit Plüsch- und Ripsmöbeln und einer angebräunten Palme. An der Längswand hingen auf schwarzgoldener

Tapete neben dem Bilde des Herrschers die lebensgroßen Porträts zweier früherer Bürgermeister in ihrer noch jener barocken Periode entstammenden Amtstracht, in der die spanische Entfärbung die europäische Mode bestimmte. In der Mitte auf einem runden Mahagonitisch hatte die Eisenbahndirektion ein prächtiges Arrangement von weißen Chrysanthemen stellen lassen, und auf den beiden marmornen Spiegelkonsolen wehten an Spielzeugmasten zwei zierliche Flaggen des Heimatlandes des Königs. Da das Inkognito die öffentliche Setzung einer Fahne verbot – ein besonders glücklicher und zartsinniger Einfall des Polizeipräsidenten, den dieser den Restauranterinnerungen seiner vorjährigen Nordlandreise verdankte.

Die von Amts wegen zum Empfang versammelten, in schwarze Feierlichkeit gehüllten Herren lüfteten unter leichten Verbeugungen ihre Zylinder, als nun mit einem kurzen Aufkreischen der Räder der Salonwagen in einer Akkuratesse vor dem Teppich hielt, von der man noch in den späteren Erzählungen der Begebenheit nicht genug des Rühmens machen konnte. Als erster war mit großer Behendigkeit Graf Kray-Knäckebüll dem Zuge entstiegen. Er eilte mit entschiedenen Schritten auf die locker herumstehenden Herren zu und reihte sie mit wenigen sicheren Gesten und höflichen Worten nach den Stufen hierarchischer Würde, so daß sich

die Begrüßung korrekt und doch gewissermaßen zwanglos gestalten konnte. Dann öffnete sich die Tür des Salonwagens und der König stieg herab.

Jeder gewissenhafte Beobachter und empfindsame Wortsucher muß in eine rechte Verlegenheit geraten, wenn er eine typologische Bezeichnung finden wollte für die Gemütsart, in der der König mit pontifikaler Sicherheit einen solchen alltäglichen Empfang zelebrierte.

Jovial – wie das mitunter in der Öffentlichkeit geschah – durfte man seine Verhaltungsweise wohl am wenigsten nennen, denn weder glich sie, wenn man die Herkunft des Wortes im Auge hatte, den Eigenschaften eines Jupiters, noch, wenn man den populären Sinn gelten ließ, entsprang sie den Gefühlen barocker Landesväterlichkeit. Aber auch der Ausdruck leutselig – den die Zeitungen bevorzugten – war nicht recht am Platze. Gehört er doch ebenso wie das oft und gern gebrauchte »gnädig« einer ständischen Gesellschaft an, die die Unterwürfigkeit schon vorausnimmt. In kluger Ansehung der Zeit aber hatte sich die Manier des Königs an den Werten einer bürgerlichen Gesellschaftsordnung entwickelt. So farblos und blaß es auch zunächst klingen mag, es bleibt schlechterdings nichts Treffenderes übrig, als den König höflich zu nennen, denn höflich konnte man in allen Klassen der Gesellschaft und somit jenseits der Klassen sein. Allerdings war es eine besondere Art von Höflichkeit, in der Hochmut und Takt seltsam gemischt lagen und von der niemand mit Sicherheit zu entscheiden vermochte, wieviel davon reflektiertem Bewußtsein, wieviel ererbtem Instinkte entstammte. Denn das war eben das Besondere, daß ihre Form doch auf jedermann wirkte wie eine Höflichkeit des Herzens, die dem gereiften Könige zugewachsen schien wie dem Baum die Jahresringe wachsen.

Wie er nun mit kühl gesammelter Verbindlichkeit den vom Grafen Kray-Knäckebüll in sinnvoller und doch wieder zwangloser Reihe und Tiefe Geordneten entgegenschritt, wie er mit einem Gran von Bonhomie und einem Anschein von Wiedersehensfreude an einen jeden ein paar Worte richtete, wie er mit weltmännischer Gelassenheit die beflissenen und gestelzten Antworten aufnahm, als ob er derartiges zum ersten Male und mit dem stärksten Interesse höre, oder wie er mit geduldiger Nonchalance zuwartete, wenn jemand aus Beklommenheit in eine rasselnde Redseligkeit verfiel, da hinterließ er auch hier im Gedächtnisse den Abdruck eines höflichen Herzens von unbestimmbarer Autorität.

Einen Augenblick verweilte er noch im Fürstensalon, bewunderte die Chrysanthemen, erkundigte sich nach den Dargestellten auf den Bürgermeisterbildern und tat mit Genugtuung der beiden zierlichen Fahnen auf den marmornen

Spiegelkonsolen Erwähnung. Dann trat er hinaus in das eingebogene Halbrund der Vorfahrt, wo die Wagen warteten. Da er hinter einer unauffälligen Absperrung eine größere Zahl Neugieriger bemerkte, so blieb er vor Besteigen des Wagens wenige Minuten in einem herzlichen und angeregten Gespräche mit dem Bürgermeister stehen, wie ein in seiner Rolle gefangener Schauspieler, der vor dem Fallen des Vorhanges noch den Beifall erwartet, den er für sein Spiel braucht.

In rascher Fahrt erreichte man das nahe Hotel, wo mit einiger Umbesetzung und veränderter Statisterie die gleiche Empfangszeremonie noch einmal abrollte. Mit devotem Händereiben geleitete der Direktor des bestrenommierten Hauses den König auf seine im ersten Stock gelegenen Appartements, die dieser, wie sich der Direktor submissest zu erinnern erlaubte, schon bei früherer Gelegenheit zu seiner vollsten Zufriedenheit innegehabt hatte.

Bei der Abendtafel zeigte sich der König heiter und zu Scherzen aufgelegt. Er neckte den heute auffallend schweigsamen Grafen Kray-Knäckebüll mit seinen dialogues intérieurs, er kündigte dem Dr. Bedinga an, daß er zu dem bevorstehenden internationalen Ärztekongreß den »Malade imaginaire« als Festvorstellung ansetzen würde und nannte den Kammerherrn von und zu Holtau, der dem ebenso vortrefflichen wie reichhaltigen Menu mit ungewöhnlicher

Gourmandise zusprach, einen Erysichthon, der – wie der König aus einer kürzlichen Leseerinnerung hinzusetzte – von Ceres, weil er in ihrem Haine Bäume gefällt, mit einem so entsetzlichen ›Heißhunger‹ bestraft worden sei, daß er sich schließlich selbst verzehrte. Da Herr von und zu Holtau, mit dem Flügelschlag seiner langen Hände in der Luft herumfahrend, glaubhaft versicherte, daß er sich niemals dergleichen habe zu Schulden kommen lassen und darauf zu Variationen diätetischer Themen überging, so gab er wie so manches Mal in diesem Kreise wiederum viel Anlaß zur Heiterkeit.
Und als der König mit einer übertriebenen Bewegung der Arme, bei der er die ausgestreckten Hände in einer Kreislinie bis zur Schulterhöhe anhob und dann rasch zum Tisch absinken ließ, Teller und Gläser etwas von sich schob, um die Aufhebung der Tafel anzukündigen, hinterließ er den einhelligen Eindruck einer Aufgeräumtheit, die man glaubte, an ihm lange nicht wahrgenommen zu haben.
Auf seinem Salon zeichnete er einige vom diensttuenden Adjutanten vorgelegte Telegramme und versah seine beiden für den Bürgermeister und für den Direktor des Kurortes bestimmten Fotografien mit einer eigenhändigen Unterschrift. Dann befahl er dem Kammerdiener Brauns, da das gemeinsame Frühstück morgen erst um neun Uhr angesetzt sei, ihn nicht zu wecken, sondern seinen Anruf abzuwarten.

Wieder allein, verschloß er das Zimmer und trat auf den Balkon in die gefaßte Heiterkeit dieses außergewöhnlichen Herbstabends. Noch zögerte die Nacht. Ein fließender und traumhafter Dämmer senkte alle Dinge in einen schieferblauen Dunst und hüllte sie in eine warme und weiche Vertraulichkeit. Zu seinen Füßen lag das weite Bassin wie eine große Schale, überzuckt vom Glast der vielen Uferlichter, als wären unzählige Juwelen über das Wasser hingestreut, die glitzernd die Dunkelheit durchteilten. Von den Bäumen, die im Doppelband das Becken umzogen, schwebten die Blätter wie in glücklicher Erfüllung zu Boden und um die entlaubten Äste legten sich matte Schatten wie zarte Schleier. Hoch über dem großen Boulevard, dessen grelle Bogenlampen das süße Licht des Mondes überhellten, strahlte im Phosphorglanz der Turmhelm einer hohen Backsteinkirche, der gleich dem pfeilgraden Aufstieg eines Vogels in den gestirnten Himmel flog. Auf den breiten Promenaden rings um das Wasser hatte sich das Verworrene der großstädtischen Betriebsamkeit in die loseren Formen eines geschäftigen Müßigganges gesänftigt, dessen vielstimmiger Klang die Luft mit erwartungsvoller Lust erregte.

Getragen vom kühlen Atem des Wassers, wehte der heiße Ruf des abendlichen Lebens zu dem Könige herauf.

Er trat ins Zimmer zurück und begann mit

Bedacht sich umzukleiden. Er legte Ringe und Armbanduhr ab, wählte Wäsche ohne Initialen und einen vor seiner Umgebung nie getragenen Anzug, dem er durch einige aufheiternde Einzelheiten eine Stilisierung ins Bonvivanthafte gab. Er verteilte etliches Geld in seine Taschen und steckte nach kurzem Zögern auch das kleine goldene Zigarettenetui ein, auf dessen innerer Deckelseite Verse eingegraben waren, die den strengen Gott des Schweigens für einen Bruder des Todes erklären.

Wäre der König nicht so willfähig in die verzaubernde Umarmung dieses Abends gesunken, so würde er zweifellos nicht nur bemerkt haben, daß unter ihm vor dem Hotel Graf Kray-Knäkkebüll und Dr. Bedinga in forschendem Gespräch auf und nieder schritten, sondern es hätten ihm auch – wie man wohl mit dem Unglückspropheten Jeremias sagt – gewaltig die Ohren geklungen.

Der Oberhofmarschall Graf Kray-Knäckebüll nahm beim Könige, beim Hofe und nicht zuletzt auch im Leben des Landes überhaupt eine Stellung ein, für die sein Amt nur den dekorativen Prospekt zu liefern schien. Hierin täuschte sich allerdings eine in bürgerlichen und liberalen Klischees urteilende Öffentlichkeit, deren Vorstellungen über einen Hofmarschall an dem Typus des Hofmarschalls Kalb orientiert waren, und die von einem gescheiten, gebildeten und tätigen Manne – als den man doch den Grafen kannte – erwartete, daß er sich seines Hofamtes nur als eines gefügigen Mittels zur Erlangung von Macht und Einfluß bediente. Tatsächlich aber war dem Grafen sein Amt kein ehrgeiziger Vorwand, sondern eine eigentümliche Überzeugung. Denn er hegte die freilich nur selten geäußerte Anschauung, daß mit der Französischen Revolution die naturrechtliche und gottgegebene Ordnung endgültig zerstört wäre. Seitdem hätten die Menschen keinen eigentlichen Ort mehr im Ganzen, sondern bestenfalls eine Funktion in einem umgetriebenen und losgerissenen Dasein. Der Einzelne sei daher ohne Rang, ohne Schicksal, ja ohne wirkliche Menschlichkeit und die Masse gliche in ihrer Bewegung einem babylonischen Turm auf fließendem Wasser.

Nur in einem Hofe sah er noch den letzten Reflex eines echten Gesellschaftsbaues. Denn hier herrschten klug gestufte Verhältnisse, die auf ein unwandelbar Höchstes hingeordnet waren, von dem sie Sinn und Bedeutung empfingen. Hier schuf die Observanz einer strengen Etikette eine sichere Ausgeglichenheit des Zusammenlebens und verlieh auch dem Alltäglichen Akzente der Haltung und Zucht, über die der Glanz der Majestät den Schein der Leichtigkeit und Festlichkeit breitete.

Die der Institution angesonnene Erhabenheit hinderte aber den Grafen keineswegs, ihre

Menschen völlig realistisch einzuschätzen. Da er seine Prinzipien der Menschenlenkung aus den kleinen Nichtswürdigkeiten des Hoflebens, seiner Kabale und Scheelsucht gewonnen hatte, so galt ihm die Intrige für eine natürliche und probate Verwaltungsmanier menschlicher Dinge. Er verstand sich virtuos auf das Stellen von Schlingen und Schmieden von Komplotten und war ein Meister im Weben und Lösen, Verwirren und Zerschneiden von Fäden.

Höchst merkwürdig war es nun, daß er mit der gleichen Technik des Überlistens und Bewegens von Menschen einen fast unbegrenzten Einfluß in den demokratischen Kreisen des Landes ausübte und sich mit dem Ministerpräsidenten, einem situationsbewußten und griffkräftigen Volksmanne, der die Menschen nach ihren Durchschnittseigenschaften kannte und daher erfolgreich behandelte, ausgezeichnet verstand. Graf Kray-Knäckebüll hatte in diesem Umgange die Gewohnheit, falls ihm einmal etwas anders lief, rechtzeitig verbreiten zu lassen, daß er gerade das, was nun geworden sei, gewollt habe. Eine Methode, durch die er auch bei gelegentlichen Mißerfolgen sich sowohl seiner Autorität wie des eigenen Selbstbewußtseins versichert hielt, die beide Niederlagen schwer ertrugen.

Wie seinem Geiste die rationale Übersichtlichkeit und die »finassierende« Praxis eines vergangenen Jahrhunderts eignete, so war auch

seine Erscheinung von der Aura des ancien regime umwittert. Vor einem Hintergrunde von verhaltener Würde entwickelte er eine bezwingende Formensicherheit und eine untadelige Höflichkeit. Er war ein klugerfahrener und ein wenig eitler Dialektiker, der sich gerne vor anderen zuhörte und es liebte, seine Rede mit einem Aroma von Geistreichigkeit zu durchtränken und mit der Schlagkraft fester Formulierungen zu durchsetzen, wobei allerdings

schärferen Beobachtern nicht entging, daß sein elegantes Gespräch etwas Verspieltes und Verstecktes barg, weil es letzthin auf eine fiktive und erledigte Welt bezogen war.
Als ihn der König eines Tages mit der Ernennung eines unbekannten Ausländers, eines Dr. Bedinga, zum Leibarzt überraschte, hatte er sich trotz seiner Mißstimmung wegen der Übergehung zunächst eine völlige Zurückhaltung auferlegt. Er kannte die tändelnde Leidenschaft großer Herren für problematische Talente und extravagante Köpfe und war geneigt, in diesem Dr. Bedinga so etwas wie einen Glücksritter des 18. Jahrhunderts zu vermuten, eine Art von Goldmacher oder Magier, der in der Langeweile eines Hofes für einige Zeit die rechte Voraussetzung für seine kurzweiligen Künste findet. Er konnte abwarten, wie im gleitenden Wechsel der Stimmungen Gewöhnung und Enttäuschung ihn abnutzen würden. Erst als Dr. Bedinga im Vertrauen des Königs sich behauptete, entschloß er sich, ihn aufmerksam und lückenlos zu beobachten, um ihm den gemäßen Platz in dem kunstvollen Gefüge des Hofes anzuweisen.
Solcher Absicht sollte auch das Gespräch dienen, zu dessen Beginn er sich jetzt, vor dem Hotel auf und nieder schreitend, den Bericht Dr. Bedingas über den Gesundheitszustand des Königs anhörte und sich auf eine sehr genaue Art über die erreichte Kompensierung eines

unzulänglichen Blutkreislaufes und der damit verbundenen Grenze der Leistungsfähigkeit des Herzens unterrichten ließ. Als Dr. Bedinga mit einem Bedauern über die Abkürzung der Nachkur geendet, blieb der Graf einen Augenblick stehen, strich mit der Hand durch die Luft und fragte scheinbar unvermittelt:

»Haben Sie wohlbemerkt – wenn Sie mir erlauben wollen, mich eines psychologischen Terminus zu bedienen –, daß die meisten Fürsten heute an einer Art schizophrener Seelenhaltung leiden? Ihre Beziehungen zur Außenwelt sind gespalten. Seit ein bürgerliches Zeitalter dem Königsein zwar das Darstellende und Gebärdete gelassen, aber die Substanz entzogen hat, die jenen Formen einst den Sinn gab, haben im Fortrollen der Zeit die hohen Herren sich durch eine private Sphäre entschädigt. Bei einem Ludwig XIV., wo jedes Lever dem feierlichen Anlegen der Paramente in einem Pontifikalamt entsprach und jede private Regung in den Rang eines Staatsaktes aufstieg, konnte es natürlich eine solche Aufspaltung nicht geben. Heute ist es eine der ernstesten Pflichten aller derer, die für die Krone verantwortlich sind, zu verhüten, daß jene private Sphäre in die eigentliche Welt der königlichen Existenz einbricht.«

Er sah Dr. Bedinga absichtsvoll an und weiterschreitend fuhr er fort:

»Sie entheben mich des Nachweises, daß ein solcher Einbruch am häufigsten und leichtesten

vom Erotischen her erfolgt. Dieser ganze Komplex ist heute gefährlicher geworden als zur Zeit der berüchtigten Mätressenwirtschaft. Eine Mätresse war eine öffentliche Institution, ein überschaubarer und berechenbarer Faktor, eine Geliebte heute ist eine anonyme Macht, ein Moment des Ungewissen und Unbestimmten und eine ständige Aufforderung zur Anlage persönlicher und politischer geheimer Minengänge. Sie wissen, daß mir sittenrichterliche Neigungen fern liegen. On ne peut pas mettre les princes sous une cloche. Bei politischen Heiraten bleiben allzu menschliche Ansprüche unbefriedigt, die anderwärts Genüge finden müssen. Aber die stete Wachsamkeit auf die Frauen, die an den König herangebracht werden, gehört zu den unerläßlichsten und delikatesten Aufgaben der Verantwortlichen.«

Der Graf blieb wieder einen Augenblick stehen und sagte dann in einem zuredenden Tonfalle:
»Die letzte Begegnung des Königs ist eine ernste Gefahr. Ich bitte Sie, mir das glauben zu wollen. Sie selbst werden über ihre Rückwirkung auf den Gesundheitszustand des Königs keine Unwissenheit affektieren wollen. Ich kann Sie daher aus der Mitverantwortung für die Ordnung dieser leidigen Affäre nicht entlassen.
Der König, bei dem Sie heute nachmittag auf der Fahrt länger zur Visite waren«, setzte er lächelnd hinzu, »hat Ihnen vielleicht durch Anamnese die Diagnose erleichtert.«
Dr. Bedinga neigte ein wenig verlegen den Kopf.
»Exzellenz«, sagte er wie in einem Anlauf, »die Wissenschaft des Arztes ist eine Wissenschaft der Vermutungen.«
»Vorläufigkeit ist die Eigenschaft jeder Wissenschaft, lieber Herr Doktor«, erwiderte der Graf mit einiger Selbstgefälligkeit an dem Bonmot.
»Ich wollte dies nur für die Bedingtheit meiner Ansicht vorausschicken, Exzellenz«, bemerkte Dr. Bedinga wie entschuldigend und nahm dann einen erneuten und stärkeren Anlauf:
»Wenn ein Mann die Scheitelhöhe seines Lebens überschreitet, ist bei ihm häufig eine gewisse Prädisposition für erotische Erlebnisse zu beobachten, die man volkstümlich wohl als zweite Pubertät bezeichnet. Ja«, bekräftigte Dr. Bedinga sich selbst, »ja, angestaute Möglichkei-

ten, die in der strengen Luft einer Konvention gezähmt oder verkümmert schliefen, können, wenn ich mich in einem bekannten chemischen Gleichnis ausdrücken darf – an vorbestimmter Wahlverwandtschaft sich entzünden und in Empfindungen hervorbrechen, an deren Unmeßbarkeit das tadelloseste Schaltwerk der Vernunft versagt.«

»Les sentiments ne se raisonnent jamais«, warf der Graf ein und vollführte mit seinem Arme eine wegwischende Geste.

»Mais le sentiment est plus fort que la raison«, erwiderte Dr. Bedinga schnell und, wie um erneuter Einrede zu entgehen, sprach er eilends weiter:

»Wenn ein Mann von fünfzig Jahren, der sein Dasein in einer Welt von Rangordnungen und Typen, gewissermaßen in einer statischen Welt zugebracht hat, zum ersten Male«, Dr. Bedinga zögerte, als suche er nach dem rechten Wort, »eine ungekannte Urgewalt, ein Ursprüngliches, Urmächtiges erfährt in der Begegnung mit einer Frau, in der das Elementare noch wie eine erste Glut der Schöpfung loht, so wird seine psychologische Konstitution Erschütterungen unterworfen, die sich leicht zu einer krisenhaften Spannung entwickeln.«

Dr. Bedinga zögerte wiederum ein wenig, da ihn der Graf aber nur mit fragendem Mißtrauen ansah, fuhr er fort:

»Sie wird sich durch konventionell zugelassene

Empfindungen nicht aufheben lassen. Durch gewaltsame Unterdrückung oder Unterbindung aber könnte das aufgewühlte Herzblut des Lebens plötzlich stocken und gerinnen. Diese Situationen führen fast unausweichlich zu Konflikten, oft tragischen Konflikten.«

»Herr Dr. Bedinga«, sagte Graf Kray-Knäckebüll nach kurzem Schweigen, »solche Konflikte dürfen nicht entstehen. Dem heutigen Staatsgewölbe ist der König als figuraler Schlußstein eingefügt. Wenn der Aufblick zu ihm Besorgnis und Ärgernis erregt, wird man ihn entfernen. Das Wesen der dynastischen Monarchie im Zeitalter der Massen ist Bedrohung. Daher darf es zwischen der Sphäre der königlichen Existenz und der Wunschwelt privater Bedürfnisse keine Konflikte geben, sondern nur Proportionen. Krisenhafte Erscheinungen in diesem Verhältnis müssen in langsam heilenden Stufungen überwunden werden. Balladenhafte Anfälle kann man bei Fürsten gewiß nicht durch Radikalkuren ausräumen, läßt man aber die Umstände gewähren, so pflegen diese Leute auf sich selbst hineinzufallen. Ich glaube Ihnen daher für die Behandlung des hohen Herrn – um mich noch einmal ihrer Terminologie zu bedienen – eine expektative Therapie empfehlen zu sollen. Ich bitte annehmen zu dürfen, daß ich verstanden bin.«

»Vollkommen, Exzellenz«, antwortete Dr. Bedinga in einer Schwebe zwischen Ergebenheit und Ironie. »Das freut mich aufrichtig. Ich danke Ihnen.« Und Graf Kray-Knäckebüll reichte dem Doktor mit einer Leutseligkeit die Hand, wie sie einem gnädigen Herrn im Zeitalter der Vasallität beim Abschiede von dem Gefolgsmanne wohl angestanden hätte.

Mit einem starken Gefühl des Ungenügens blieb Dr. Bedinga zurück. Der Graf hatte ihn unmißverständlich in die dienende Bescheidung seines Berufes gewiesen zu der Stunde, da das Schicksal den König auf der letztmöglichen Stufe seines Daseins anrief, die Welt in dem Marke des Lebens zu ergreifen.

In bündiger Form hatte der Graf Kray-Knäckebüll sich entschlossen, die Entscheidung dem Könige vorwegzunehmen. Durfte er aus durchschauendem Wissen zum Widerparte werden und für den König dem Anrufe standhalten? Blieb der König nicht geschmiedet an die Bestimmung, die ihn über seine Person hinauswarf?

Und was hielt den Dr. Bedinga anderes in der höfischen Welt, dieser Welt von Spiegelungen, in der die Tat zur Gebärde, die Gesinnung zur Haltung, die Aussage zur Anekdote und das Wort zum Schnörkel wurde, was hielt ihn anderes als das Wesen des Königlichen selbst?

Erst hatte ihn eine Art psychologischer Neugierde verlockt, ein Phänomen zu belauern, das vielleicht bald nicht mehr wiederkehren würde, das seinen Anspruch mit ererbter Würde und der gewitzigten Erfahrungsfülle alter Dynastien behauptete, während es sich selbst schon in Frage zu stellen schien. Dann stieg aus näherer Kennerschaft in ihm ein ästhetisches Wohlgefallen an einer Lebensform auf, die, schon umglänzt von der Abendschwermut des Niederganges, noch soviel gelassene Kraft besaß, um in einer wenig herrenmäßigen Welt den Stil eines Herrn auf eine unverkaufte Weise zu vertreten und darzustellen und mit einer unwillkürlichen Macht um sich zu verbreiten. Und am Ende war in ihm die menschliche Zuneigung erwachsen, eine Neigung, die nicht in dem Anderen beglückt die Ergänzung findet, sondern eine Entsprechung entdeckt, einen Gleichklang vernimmt, der einer kontrapunktlichen Verflechtung sich entbindet. In Dr. Bedinga wirkte wohl vor allem die zugeborene Sympathie des Geistigen für die als einmalig begriffene Existenz, für die Ausnahme in jeder Form und das Mitgefühl mit der Melancholie der Besonderen und Einsamen, so tief geschieden auch bei dem König und ihm die Ursachen des Für-sich-Seins waren.

An solchen Empfindungen war es auch gelegen, daß Dr. Bedinga die Menschlichkeiten des Königs leichter ertrug und selbstverständlicher hinnahm als die anderen, die ihre eigene Dürftigkeit am Glanze der Majestät füllen mußten. Denn er hielt das gelegentlich Willkürliche, Unberechenbare und Grundlose im königlichen

Wesen, wenn auch nicht gerade für ein Merkmal, so doch für einen versetzten Ausfluß des Souveränen, Freien und Überlegenen und für ein natürliches Korrelat zu dem höflichen Ertragen der Toren, mit denen der König es nicht verderben durfte, wenn er es nicht mit den Meisten verderben wollte.
Die ständige Nötigung, durch eine unauffällige und doch inszenierte Anpassung an die Welt dem Erbe seines Gesetzes in geschmeidigem Gehorsam zu dienen, hatte in des Königs Natur Spielerisches und Tragisches seltsam verschichtet. Sie hatte in seiner Seele ein Depressionsgebiet entstehen lassen, in das der Strom des Elementaren widerstandslos einbrechen und einen fortreißenden Sturm der Leidenschaft entfesseln konnte. Wie glaubte der Graf Kray-Knäckebüll den König durch die abwartende Behutsamkeit und Aufsicht eines Arztes dem Unvermeidlichen noch entziehen zu können, wenn nicht das Schicksal durch ein ungewöhnliches und glückliches Ereignis noch ins Mittel trat?

Dr. Bedinga hatte gerade die Hoteltür durchschritten, als ein Herr in einem hechtgrauen, kurzen Paletot, den geöffneten Kragen hochgeschlagen, den braunen weichen Hut aufs linke Ohr gedrückt, durch den Lieferanteneingang das Haus verließ. Während er mit unternehmenden Schritten den Damm überquerte, wir-

belte er mit einer abgerundeten Bewegung des rechten Armes die brennende Zigarette zwischen seinen Fingern in einem Feuerbogen durch die Luft.
Der König bog in den stark belebten breiten Boulevard ein, der mit seinen angrenzenden Straßen die beiden großen Wasser der amphibischen Stadt wie ein Isthmus schied. Vor dem weltbekannten Café, dessen hellerstrahlende Rückseite gelbe Lachen von Licht auf das Wasser warf, saßen die Menschen in bewegter Ruhe, eng versammelt um kleine Tische zwischen grünen Kübeln mit Lorbeerbäumen und struppigen Palmen und streckten sich in den reifen Glanz, zu dem der Abend sich vermocht. Aus dem Innern rang sich eine glatt und schmissig konfektionierte Musik durch die schmatzenden Geräusche und den schwatzenden Lärm ins Freie. Hin und wieder mischte vom Hafen her eine Schiffssirene ihren basso ostinato in die entfesselte Fülle der Vielklänge.
Auf einer weit ausschwingenden und bequemen Treppe zwischen gärtnerischen Anlagen schritt der König zur Landungsbrücke der Fährboote hinunter. Es roch nach beizendem Teer und warmem Holz und vom Bassin her kam der frische Duft des verkühlenden Wassers.
Die Fährboote spannen sich selbst fröhliches Seemannsgarn vor. Sie manövrierten mit umständlicher Wichtigkeit, knarrten und kreischten wie Große an den Dalben aus purem Kin-

dervergnügen am Lärm, erregten mit ihren schaufelnden Rädern ein schäumendes Gebrause wie frisch entkorkter Champagner und besprühten aus reinem Schabernack die Wartenden auf der Brücke. Von einer größeren Gesellschaft junger Mädchen und Männer gingen die einen an Bord, während andere zurückblieben, was willkommenen Anlaß gab, die ausgelassene Komödie eines schmerzvollen Abschieds aufzuführen. Man umarmte und küßte sich, schwenkte Hüte und Tücher, rief und schluchzte und vergoß Tränen vor Lachen. Als das Schiff endlich in eilfertiger Betulichkeit mit buntglimmenden Bordlichtern und hellblinkenden Fenstern sich entfernte, klang ein Jauchzen über das Wasser, als ob die Insel Cythere das selige Ziel der Reise sei.

Der König sah dem Boote nach, als schwämme sein eigenes Glück wie ein bewimpeltes Schiff in das Meer des Lebens hinaus. Er beugte sich über das Geländer und horchte auf die murmelnde Musik des Wassers. Im gleitenden Schein des Lichtes trieb es ein neckisches Spiel mit seinem Bilde, ließ es verschwimmen und verschwinden und kichernd in Verzerrungen wieder auftauchen.

Langsam wanderte der König weiter bis an das Ende des Boulevards, wo die Lampen spärlicher wurden und die einfallende Finsternis die Menschen verschluckte. Er hörte heiße und betörende Flüsterworte und sah wie Schattenrisse unüberlegte Zärtlichkeiten. Engverschlungene Paare bargen sich in die Hülle des Dunkels an den umbuschten Böschungen. Aus dem schmerzlichen Dufte eines Rosenbeetes, das den Sommer überdauert, trat ein Matrose mit wiegenden Schultern. Wie er seinen Arm mit der derbausgearbeiteten Hand gleich einem Schutzmantel um die Hüfte seines Mädchens legte, erfüllte den König mit Rührung. Seine verbindliche Maske löste sich in menschlicher Wärme. Er blieb einen Augenblick stehen, weil er fürchtete, die beiden aufgestört zu haben. Dann kehrte er in die Helle des Boulevards zurück. Frauen schwebten vorbei und lächelten ihn ver-

heißend an. Vor ihm her flatterten helle Kleider und Gelächter. Zwei Burschen von fester sonnenbrauner Mannheit erhoben sich von einer Bank und folgten im Kielwasser der leichten Brise. Menschen, die zueinander gefunden, glitten in süßer Müdigkeit dahin und achteten seiner nicht. Gruppen junger Leute lärmten an ihm vorüber, die, Übermut im Gebaren und Orgien in den Blicken, zu verrufenen Stätten hafenstädtischer Abenteuer aufbrachen.
Ein hochgestimmtes Seinsgefühl erfüllte den König, ein Gefühl des schenkenden Wohlwollens gegen jedermann. Es schien ihm, als ob ihm lauter zufriedene und glückliche Menschen begegneten, die ihrer selbst sicher waren und keine Sorgen hatten. Es war, als ob die Stadt ihr hartes Gesicht der Arbeit ausgewechselt hatte gegen ein weitherziges, leichtmütiges und freigebiges Leben, das jedermann einlud, das Leben bis in die letzten Nerven auszukosten.
Die Wirklichkeit wandelte sich dem König zu einem Traum der Sinne. Dieser alltägliche Feierabend wurde ihm zu dem offenbarten Geheimnisstand eines Lebens, das sonst nur als Sage in seine eigene Wirklichkeit drang. Diese gewöhnliche Erfahrungswelt allüblichen Sichvergnügens wurde ihm zu einem extravaganten Reich, in dem jenseits seiner ummauerten Existenz eine Unendlichkeit wohnte – das Volk. Der unbefragte Hintergrund seines streng geordneten Daseins war versunken und die Pforte

zu dem freien Raum der Möglichkeiten weit aufgestoßen.
Als der König wieder an der Anlegebrücke vorüberkam, lag das Wasserbecken wie ein stummer schwarzer Spiegel im verhangenen Licht. Ein sanfter weicher Nebel machte die Umrisse der Fährboote undeutlich und ungewiß. Die Luft kühlte und ihr Hauch feuchtete an den Schläfen. Vor dem Café wurde die Terrasse abgeräumt. Drinnen packte die Kapelle ihre Instrumente zusammen, und mit heiterem Getöse drängten die Menschen über die Stufen der weitgeöffneten Ausgangstüren auf die Straße. Die Stunde der Heimkehr war angebrochen. Der König blieb stehen. Der Strom der Heimkehrenden rührte ihn seltsam an. Ein heftiges Verlangen erfaßte ihn, sich ihm in die Arme zu werfen und anzuschließen, an diesem Ganzen teilzuhaben und sich ihm zu vermählen. Er war es herzlich müde, nur in den Spiegelungen dieser Menschenwelt sich ewig selbst darzustellen, und war es satt, in dem unaufhörlichen Zeremoniell seines Daseins das mitfühlende Begreifen bis zur Vernichtung unterdrücken zu sollen. Er sehnte sich, alle Würde und Autorität wegzuwerfen und loszuwerden, und spürte eine unbändige Lust nach dem ihm Verwehrten und Versagten, nach dem Alltäglichen und Banalen und der Naivität des Vulgären. Ja, es schien im plötzlich, als müßte er die Tugend, sich selbst in Obhut zu nehmen, weniger seinem verpflich-

tenden Erbe als seinem Mangel an Lebenskraft und Lebensmut zuschreiben.

Er konnte jetzt nicht auf seine Appartements im Hotel zurückkehren. Seine vorgreifende Einbildung schweifte zu Erwartungen des Außergewöhnlichen und Wunderbaren aus, das ihm noch begegnen würde. So schlenderte er denn weiter durch die einladende Bogenflucht von Kolonnaden, an deren Wölbungen aus der Tiefe eines Kellerlokals eine buhlerische Stimme widerhallte: »Una bella donna è Inferno dell'anima e Purgatorio della borsa«. Einen Augenblick schwankte er, dann setzte er seinen Weg langsam fort und befand sich unvermutet auf einem unregelmäßigen Platz, der für die späte Stunde von Menschen und Wagen überraschend belebt war.

Gegenüber dem Denkmal eines deutschen Dichters, der allerdings nach großem Zeugnis die

weggeworfene persönliche Würde jederzeit wieder aufnehmen konnte, führte eine engbrüstige Gasse ins Halbdunkel, vor der zwei Polizisten patrouillierten. Unweit des Eingangs verweilten Gruppen von Männern, die, offenbar zum Weitergehen aufgefordert, ab und zu ein wenig fortrückten, um dann wieder unentschlossen stehen zu bleiben. Auf weißem Grunde las der König den rotverschnörkelten Namen: Afra-Twiete.
Er zögerte etwas, dann betrat er die Gasse. Ihre Atmosphäre war mit einer sonderbaren Spannung geladen, die alle Geräusche ins Ungewisse und Unwahrscheinliche dämpfte. Wie unter einem Sordino erklang das unsichere Schlürfen der Männerschritte, das zache Schrillen der Wohnungsklingeln und das halblaute Knirschen der sich kurz öffnenden und schnell schließenden Türen. Durch die spärlichen Ritzen festgeschlossener Fensterläden quoll ein unbestimmtes Licht und drang ein verhaltener Lärm wie ein fernes Klirren von Gläsern und Geschirr. Blieb aber einmal eine Tür etwas länger auf, dann stieß in das gelinde Licht der Gasse ein greller, beißender Schein. Verworrene und zudringliche Gerüche stürzten ihm nach und in Gelächter rasch erstickte Satzfragmente flatterten hinter ihm her. Dann zerrissen die Melodienfetzen eines hart angeschlagenen Klaviers, die zirpenden Akkorde einer Gitarre oder die hämmernden Töne eines Musikautomaten für

einen kurzen Augenblick die spannungsvolle Stille und ein Gequirl von vielen Stimmen erregte die Luft. Im Weitergehen öffnete sich hie und da dem König ein schmaler Fensterspalt. Hände winkten und Lippen spitzten sich und herzallerliebste Worte flogen ihm nach. Der König gab sich der überkommenen Stimmung wie der verführerischen Paradoxie eines Widerwillens hin. Die Vorstellung, daß er nur eine Hausschwelle zu überschreiten brauche, um seine ganze kunstvolle Welt aus den Angeln zu heben und die undurchstoßbare Wand seines Daseins niederzulegen, um die menschliche Mittelbarkeit seiner Existenz ihrer unmittelbarsten Brutalisierung auszuliefern, verursachte ihm einen leichten Schwindel. Je mehr er sich solchen ihn zugleich schreckenden wie faszinierenden Gedanken überließ, desto mehr entzog sich ihm die Wirklichkeit, bis sie ihm ganz in jene Vorstellung hinüberglitt. Ein unwiderstehbarer Drang trieb ihn, sich einmal zu befreien und zu entbürden und einmal seines kalten und starren Dienstes ganz zu vergessen, und eine geknechtete Begierde forderte, die Schalen zu zerbrechen, die sich so fest um das streng gehaltene Herz gelegt. Dunkle Ansprüche standen aus dem Verborgenen auf und verlangten, gegen die Zucht einmal die Zuchtlosigkeit zu setzen. Und eine destruktive Lust riß ihn weiter, seine unantastbare Würde zu schänden und seine hohe Erwähltheit zu entehren.

Der König war an das Ende der Afra-Twiete gelangt, die ein hohes Haus abschloß, das völlig in Stille und Dunkelheit versunken lag. Kein Laut und kein Licht drang aus ihm auf die Gasse und nur eine große Nummer »13« strahlte über seiner Tür. Ihr Schein fiel am linken Türpfosten auf ein kleines indigoblaues Schild, auf dem in goldenen Lettern zu lesen war: Chez Madame Rosa.
Mit einer ruckartigen Bewegung überwand der König den letzten schwachen Widerstand und drückte kurz auf den Klingelknopf unter dem farbigfrohen Namen.
Ein Auge musterte ihn durch das Guckloch in der Tür. Dann öffnete sie sich und der König betrat einen langen schmalen Gang, der mit weißen Fliesen ausgelegt war. Als einziger Schmuck hing an der einen Wand die Nachbildung einer mittelalterlichen Weltkarte, auf der den Kosmos der Offenbarung Fabeltiere des Meeres als Verkörperungen des bösen Prinzips der Wasserwelt umgaben.
Der König betrachtete noch mit Verwunderung eine solche antiquarische Allegorie an dieser Stelle, als vom Ende des Ganges eine achtunggebietende Gestalt in einer hochgeschlossenen schwarzen Atlasrobe heranrauschte. Das weißgepuderte Gesicht, in dessen harten und energischen Zügen eine rüstige Erschöpfung und ordinäre Durchtriebenheit eingespurt lagen, war von brandroten Haaren überflammt, die sei-

nem Ausdrucke noch immer etwas von elementarer Weibsteufelei liehen.
Madame Rosa warf mit schamlos forschenden Augen einen rasch abschätzenden Blick auf den König und fragte ihn dann mit resoluter Höflichkeit, ob er im Hause schon bekannt und vielleicht einen bestimmten Wunsch habe. Als der König etwas betreten verneinte, klatschte sie laut in die Hände und rief mit rauher Stimme in den Hintergrund: »Les dames au choix!« Sie liebte es, vor distinguierten Fremden mit ihrem Französisch zu paradieren, das sie aus ihrer Glanzzeit in einem Pariser Institut für ihren Hausgebrauch hinreichend beherrschte. »Ah, Monsieur, le choix, c'est quelque chose de propre«, wandte sie sich wieder an den König und lud ihn mit gravitätischer Geste ein, in den Salon zu treten.
Am Eingange stieß der König mit einem älteren Manne zusammen, der von Kopf bis Fuß in ein leicht verknittertes und verglänztes Schwarz gekleidet war. Der Mann verbeugte sich tief: »Mein Herr, wer hier das Leben sucht, meint den Tod. Gleich der Alve bezahlt er das Erblühen mit dem Ende.« Dann verbeugte er sich wieder: »Nichts für ungut, mein Herr, aber der Leib muß wieder denken lernen.«
Madame Rosa schob den Mann ärgerlich von dem verdutzten König fort: »Verzeihen Sie, Herr Baron«, sagte sie zum König aus einem bestimmten Empfinden, obwohl es sonst im

Hause üblich war, bessere Herren mit Herr Doktor anzureden, »verzeihen Sie, Herr Baron. Er ist eine Type, eine ulkige Type, der vor vier Wochen seine Frau verloren hat und seinen Verstand dazu. Seitdem sitzt er jeden Abend hier bei mir, hält den Damen, die gerade keinen Besuch haben, so überspönige Reden wie vorhin und beschenkt sie, als ob er mit ihnen viele Stunden auf dem Zimmer gewesen wäre. Eine ulkige Type, wie gesagt. Aber man hat ja schließlich ein gutes Herz, wenn man das Leben so kennt wie ich; Gott, man ist generös, und so läßt man es eben zu, nicht wahr?«

Inzwischen hatten die Damen im Salon Aufstellung genommen, einem saalähnlichen Raume mit zahlreichen Wandspiegeln und einem Riesengemälde, das in üppig schwelgenden Farben und die Augen heftig anspringenden Szenen das verabscheuungswürdige Treiben auf einem orientalischen Sklavinnenmarkt darstellte.

Die Damen zum »choix« waren in einer phantasievollen Kreation zwischen Abendkleid und Kimono erschienen, die – obwohl sie mehr verriet als verhüllte – doch in ihrer Dezenz den Vorschriften einer stets wachsamen Polizei entsprach, welche höchst dankenswerter- und beruhigenderweise auch an einem solchen Orte auf Schicklichkeit und Sitte hielt.

Wie nun der König der Damen ansichtig wurde, in einem Gliede wohl ausgerichtet, die Augen rechts, die Arme im Nacken verschränkt, so daß die emporgerissenen Brüste prall und prächtig wie präsentierte Waffen starrten, wich von ihm die Benommenheit. Er begann sich wie in einer gesicherten und vertrauten Lage, wie bei einem der vielen Vorwände zur Repräsentation und Selbstdarstellung zu fühlen. Er straffte seine Haltung und cotoyiert von Madame Rosa begab er sich auf den rechten Flügel der Paradeaufstellung, die er mit würdevoller Gelassenheit abzuschreiten sich anschickte. Während aber die Vorführung der Damen einer Demonstration von Schicksalen glich, die das Schwungrad des Leichtsinns und der Not in diese Preisgabe geworfen, gewann man aus dem Auftreten des Königs merkwürdigerweise den Eindruck, als ob er sich diesen Schicksalen vorführte. Während er seiner Musterung eine autoritative und aneignende Form der Wahrnehmung gab, schien er niemanden in Person zu bemerken, und die abscheulichen Worte überhaupt nicht zu hören, die ihm Madame Rosa, sich dicht an sein Ohr neigend, über die empfehlenden Praktiken jeder Dame zuflüsterte.

So war der König mit verbindlich unbewegter Miene bis an den linken Flügel gelangt, wo ein offenbar noch junges, hübsches Geschöpf wie eine süß und gefällig stilisierte Figurine die Linie abschloß. Der Leib reckte sich geschmeidig aus sanft geschwungenen Hüften wie eine leichtgängige Melodie, das Gesichtchen war rosig gemalt wie auf Marzipan und seidenweiche schwarze Locken fielen in Fransen über die niedrige Stirn. Als der König sich ihr näherte, sah sie ihn mit kalt glänzenden Augen an und drehte ihren Oberkörper zu ihm hin in das Licht. Sein Schein fiel plan auf ihre linke Hand, an der ein großer Smaragdring aufleuchtete. Der König erbebte und fühlte sein Herz bis zum Halse schlagen. Er ergriff die Hand und starrte auf den Ring, in dessen Mitte der Smaragd wie ein beweglicher Stern in zaubergrünen Augen mit ruhelosem Feuer funkelte.

Madame Rosa verstand die kleine Szene auf ihre Weise. Sie ließ mit gebieterischem Wink die anderen Damen unauffällig abtreten und wandte sich hilfsbereit an den König:

»Nicht wahr, Herr Baron, ein wunderbarer Stein, oh, ein kostbarer Stein. Für den hat man Maya schon viel Geld geboten, aber sie gibt ihn nicht her. Er ist nämlich das Geschenk eines Maharadscha. Und der – aber Maya, nu erzähl doch selber. Gott, das Kind ist immer so schüchtern bei jeder neuen Bekanntschaft«, und sie gab dem Kind einen Klaps auf den Hintern.

Maya sah den König mit kalt glänzenden Augen und einem puppenhaften Lächeln an: »Der Maharadscha hat gesagt«, hörte der König eine unnatürliche und girrende Stimme wie aus der Ferne, »daß es Unglück bringt, wenn ich den Ring weggebe.« Mit dem Zauber des smaragdenen Leuchtens war im Könige der

Aufruhr aller Gefühle und Gedanken wieder entfesselt, den die täuschungsvolle Eindrucksfülle des abendlichen Lebens eingeebnet hatte.

In der plötzlichen Klarheit über die unentrinnbare Wiederkehr seiner baren Not überfiel den König ein mutwilliger, durchaus ungehöriger, ja absurder Gedanke, der ihm zwar lächerlich und verstiegen, aber zugleich völlig richtig erschien. Bot ihm das Schicksal in diesem Augenblick nicht selbst einen paradoxen Ausweg an? Schlug es ihm nicht einen absonderlichen Tribut vor, indem es ihn aufforderte, sich sein zermarterndes Erlebnis durch eine bizarre Stellvertretung aus dem Fleische und aus dem Herzen zu reißen, es durch Verunglimpfung und Besudelung auszutilgen und es in einer Travestie des Besitzes zu erwürgen?

Madame Rosa, schon leicht beunruhigt über die scheinbare Unentschlossenheit des Königs, sprang seinem Bedenken tätig bei:

»Aber, setzen Sie sich doch ein wenig, Herr Baron«, sagte sie mit ihrer rauhen Stimme und wies auf eine der Nischen am Ende des Salons, die unter einem Baldachin aus billigen bunten Seidenstoffen mit breiten Sofas, sanften Polstern und unechten Perserteppichen bei rotdrapierter Ampelbeleuchtung auf »türkisch« hergerichtet waren. »Vielleicht ein Gläschen Champagner?« Der König wehrte ab. Er wollte kein langwieriges Gelage.

»Aber vielleicht une fine de la maison?« fuhr Madame Rosa unbeirrt fort, während man Platz nahm. Die Wirtschafterin brachte eine Flasche Cognac und vier Gläser in die türkische Nische, in der sich ein fader Brodem von Zigarettenrauch und Parfüm mit dem Aushauch junger Frauenkörper mischte. Da der König stumm Mayas Hand mit dem Smaragdring in die seine geschmiegt hielt und sie ihren Arm in der Art einer Gliederpuppe um seinen Hals gelegt hatte, so fiel an Madame Rosa die Verpflichtung zu einer stimmungsvollen Konversation.
In ihren nackten Worten brach eine geheime mächtige Welt der unteren Lagen auf, die nicht ohne Selbstbewußtsein sich durch tägliche Erfahrung der bürgerlichen Wohlanständigkeit notwendig und verbunden wußte. Ihrer ausbündigen Darstellung mischte sie die Ingredienzen pfefferiger Anekdoten bei, zu denen ihr die Wirtschafterin, die des Einschenkens nicht müde wurde, die eindeutigen Stichworte brachte. Beide bekräftigten, befeuerten und überboten sich in obszönen Scherzen und trieben sich gegenseitig immer weiter ins Ordinäre und Unflätige, so daß sie in den Zustand einer wüsten gewerbsmäßigen Heiterkeit gerieten.
Höchst seltsam war in dieser abstoßenden Szene das Benehmen des Königs. Gewöhnt, sich die Umstände seines Lebens durch Höflichkeit zu erleichtern, hatte er zunächst mit einer viel-

leicht noch verständlichen Artigkeit zugehört, aber recht bald hatte er in das Lachen eingestimmt und seine Anteilnahme in Ausdrücken kundgetan, von denen niemand seiner Umgebung jemals angenommen hätte, daß sie ihm überhaupt bekannt wären.
Er hatte hastig getrunken und viel geraucht, und als in einem Augenblick keine Zigaretten zur Hand waren, griff er in seinen Sakko und reichte Madame Rosa sein zierliches goldenes Etui.
Madame Rosa war begeistert. Sie drehte das Etui mit ihren beringten Fingern nach allen Seiten, öffnete es und las neugierig auf der Innenseite des Deckels die von der steilen Handschrift der Comtesse Laura de Jonquerettes eingravierten Verse, die bekanntlich den Gott des Schweigens zu einem Bruder des Todes erklären.
»Nein, wie schön gesagt«, rief sie mit einer von Rauch und Alkohol verharschten Stimme, »ich sage das ja auch immer zu Maya. Maya, sage ich, sei nicht immer so auf den Mund gefallen. Aber nur auf französisch läßt sich das so poetisch ausdrücken, nicht wahr, Herr Baron?«
Es entstand eine kleine Pause, während der der König das Etui wieder einsteckte. »Übrigens«, sagte er mit unvermutetem Ernst, »ich bin gar kein Baron.«
Madame Rosa lächelte und sah ihn zweifelnd an.

»Ich fahre in mein Engagement«, erklärte der König in seinem abgehackten, fast kommandoartigen Tonfall und warf den Kopf leicht zurück.
»Ach, so etwas habe ich mir doch gleich gedacht. Herr Baron haben so ein gewisses Etwas, Herr Baron sind Künstler, ein großer Dirigent oder ein großer Darsteller?«
»Jawohl«, erwiderte der König langsam, »ich bin ein großer Darsteller. Ich bin der erste Clown des Unternehmens.«
Nun prustete Madame Rosa aber los, und die Wirtschafterin stimmte grob und maßlos ein, selbst Maya verzog die purpurgemalten Lippen zu einem stillhaltenden Mannequinlächeln. Das war ja aber auch zu komisch, ein so feiner Herr ein Clown!
»Nein, Herr Baron«, und Madame Rosa rang mit dem erstickten Lachen, »Herr Baron sind wirklich drollig, mit uns können Sie ja Ihre Witze machen.«
»Gewiß«, sagte der König mit dem gleichen unerschütterlichen Ernst, »ich reiße Possen wie kein zweiter. Ich bin Euch der beste Possenreißer zehn Meilen in der Runde. Ihr würdet mich nicht erkennen, wenn ich Maske mache. Ich pudere mich weiß und male mir schwarze Ringe um die Augen und rote Kleckse auf meine hochgestellten Backenknochen. Denn ich bin ein mächtiger Clown. Erst wenn ich komme, beginnt die Vorstellung. Auf meinen

Wink öffnet sich die Manege und auf mein Wort spazieren alle die schönen Damen und noblen Herren herein. Wenn ich sie anrede, so lächeln sie, und wenn ich ihnen befehle, so gehen sie an die Arbeit. Wenn ich die Hand hebe, so hören sie auf, und wenn ich den Arm strecke, so verschwinden sie. Und ich habe nur so zu tun, als ob ich wirklich glaubte, alles geschehe auf meinen Wink und auf mein Wort, durch meine Hand und durch meinen Arm.
So im Als-ob zu leben, das ist mein Beruf, und in der Wirklichkeit nur zu stören und überall im Wege zu stehen, das ist meine Komik. Aber einmal werden die Leute des Spaßes müde. Dann wickelt man mich in den Teppich und fährt mich zur Manege hinaus. Das ist des dummen Augusts tragikomisches Ende.«
Diesmal wagte niemand zu lachen, denn der König hatte mit einer eigentümlichen, hintergründigen Verbissenheit gesprochen, die selbst dieser abgehärteten und grobkörnigen Gesellschaft zunächst die Antwort verschlug und sie für einige Augenblicke in Unsicherheit und Ratlosigkeit versetzte. Madame Rosa wußte wirklich nicht recht, was sie von der hartnäckigen Ernsthaftigkeit eines solchen Scherzes halten sollte. Am einfachsten war es schon, anzunehmen, daß der Herr Baron etwas zu viel und zu schnell getrunken hatte, und am besten jedenfalls, diesem Auftakte ein Ende zu machen und zur Sache zu kommen.

So zwinkerte sie denn Maya bedeutungsvoll zu. In erfahrener Fügsamkeit schmiegte sich Maya etwas fester an den König, drückte seine Hand, die noch immer auf ihrem Smaragdring ruhte, und flötete mit ihrer verkünstelten Stimme: »Liebling, wollen wir hinaufgehen?«
Der König nickte, trank auf einen Zug sein Glas aus, warf der Wirtschafterin einige größere Geldscheine hin und erhob sich. Madame war entzückt über die rasche, glückliche Lösung.
»Felice notte«, rief sie gerührt, indem sie versuchte, ihrer verschnürten Stimme einen amourösen Schmelz zu geben. »Felice notte«, und mit ihren reichberingten Fingern warf sie dem Paare Kußhände nach.
In rankender Wendigkeit lief Maya voraus. Der König war ihr bis zum Treppenabsatz behende

gefolgt, als er bemerkte, daß er knapp bei Atem wurde. Sein Herz schlug wie ein Hammer und seine Brust ging gewaltsam. Er mußte stehen bleiben, um Luft zu bekommen.
Maya drehte sich um, sah den König zögern, und in der Besorgnis, er möchte in letzter Minute noch unschlüssig werden, streckte sie ihm ihre linke Hand mit dem Smaragd entgegen. In einer heftigen Bewegung riß der König die Hand an sich. Halb glitt der Ring von Mayas Finger, halb streifte ihn der König ab und steckte ihn langsam dem eigenen Zeigefinger an. Wie zu einem spaßhaft falschen Schwur hob Maya ihre linke steinberaubte Hand gegen den König mit mationettenhafter Drohung empor. Dann zog sie ihn rasch hinauf.
Madame Rosa hatte sich in ihr Privatkontor begeben. Sie setzte sich an ihren breiten Schreibtisch mit dem hohen Aufsatz, steckte sich eine große Brasil an, entnahm dem Mittelkasten die Haushaltungsbücher, begann zu blättern, zu rechnen und von der Zukunft zu träumen.
Zwei Jahre brauchte sie das Haus noch zu führen wie bisher, dann konnte sie sich als wohlhabende Frau zurückziehen. Zwar besaß sie schon heute in einem lieblichen Gartenvorort am Wasser eine geschmackvolle Villa mit allem Komfort der Neuzeit. Aber das war doch kein rechtes Leben, daß die Nachbarn die Köpfe abwandten, wenn sie vorüberging, daß

die Mütter empört ihre Kinder riefen, wenn sie freundlich zu ihnen sprach und sie beschenken wollte, und daß die jungen Burschen sich anstießen und ihr unverschämt ins Gesicht grinsten oder ihr gar etwas nachriefen, wenn sie wie jede andere Bürgerin absichtslos lustwandelte. Im übrigen – was die Männer betraf –, wenn sie an einen fernen, fremden Ort kommen würde, wo niemand um sie wußte, als honette reiche Witwe oder schuldlos geschiedene Frau ... Sie stand auf, stellte sich vor den hohen Wandspiegel, drehte den Kopf ins Profil und den Oberkörper in eine Ebene, ordnete mit der gefälligen Hand das aparte rote Haar an den Schläfen und wollte gerade die Nase bepudern, die immer eine leidige Neigung zu glänzen zeigte, als über ihr ein schwerer dumpfer Fall die Decke erzittern und den Kronleuchter klirren machte. Eine Tür wurde jäh aufgestoßen und durch das Haus gellte ein wunderlich hohler und gläserner Schrei. Darauf trat lautlose Stille ein.

Madame Rosa stürzte hinaus. Auf dem Treppenabsatz hockte wie ein gefrorenes Entsetzen Maya in völliger Nacktheit. An diesem Verstoß gegen die Hausordnung entlud sich als erstem Madames begreiflicher Ärger.

»Wie treibst du dich denn hier herum?« schrie sie sie an, »willst du dich wohl augenblicklich anständig anziehen!«

Dann eilte sie die Treppe hinauf zu Mayas Zimmer und blieb angewurzelt an der offenen

Tür stehen. Neben Mayas Bett lag unbeweglich der halb entkleidete König. Der Oberkörper bedeckt mit den Scherben einer großen Vase in goldlüster Farbe, die er offenbar im Falle mit sich gerissen hatte. In dem leicht aufgedunsenen Gesicht standen bläuliche Schatten, die Haut an den Schläfen war gelblich weiß gespannt, die Augen starrten weitaufgerissen und überglast ins Leere.

Madame Rosa nahm vom Toilettentisch einen Spiegel, hielt ihn vor den Mund des Königs und stellte fest, daß er unbeschlagen blieb. Sie hob seinen Arm empor, der kraftlos niederfiel, und legte ihr Ohr auf seine linke Brust, aus der kein Schlag vernehmbar war. Darauf kniete sie zu seinem Haupte nieder und drückte dem toten König die Augen zu. Langsam faltete sie die Hände, und das Naß ihrer Augen zog schmale zitterige Gassen durch den Puder ihrer Wangen.

Und es war, als ob für diesen Augenblick in der verworfenen Kreatur ein Maß des Menschlichen und Schicksalhaften sich herstellte. Madame Rosa erhob sich wieder, raffte ein paar Kleidungsstücke zusammen und warf sie Maya zu, die immer noch auf dem Treppenabsatz hockte: »Zieh das an und geh' auf mein Kontor.«

Dann schloß sie Mayas Zimmer ab und steckte den Schlüssel ein.

Inzwischen hatte sich durch das Haus das lauernde Grauen vor einem unbekannten Entsetzlichen geschlichen und es in eine sprachlose Starre geschlagen. Aus allen Ecken begann es zu raunen und an allen Türen sich zu regen, geängstigte Gesichter blickten umher und gedrückte Worte gingen um.

Doch Madame gebot mit lauter, rüder Stimme strikte Ordnung: »Ein jedes bleibt auf seinem Zimmer.«

Auf ihrem Kontor telefonierte sie an die Polizei und befahl dem stets in Grognebel gehüllten Nachtportier Fiete, der nur bei Anlässen in Erscheinung trat, für die ihn seine mächtige Leiblichkeit qualifizierte, den Dienst an der Haustür zu übernehmen.

Maya saß verstummt und verstockt in einem giftig grünen samtnen Morgenrock in der Ecke des Kontors. Sie hatte sich merkwürdig verändert. Die puppenhafte Schönheit war aus ihrem Gesichte wie fortgewischt. Sie sah aus wie ein verwelktes und runzliges Baby.

Im Hause war es bedrückend ruhig geworden. Nur hin und wieder hörte man auf den Steinfliesen des Ganges die schlappenden Schritte der aufgescheuchten Gäste, die beklommen und verstört sich aus dem Hause stahlen.

Madame Rosa hatte sich eine große Brasil angesteckt und erwartete die Beamten.

Sie ließen nicht lange auf sich warten. Sie kamen, vom Nachtportier Fiete geleitet, ins Kontor, lobten Madame Rosas Maßnahmen,

gingen auf Mayas Zimmer, spähten mit den wachsamen und gespannten Mienen der Kriminalisten im ganzen Hause umher, setzten Protokolle auf und vernahmen Madame Rosa, die Wirtschafterin, die Damen und bemühten sich völlig vergeblich, eine Aussage von Maya in ihren inquisitorischen Fallstricken zu fangen.
Ein wenig später traf auch der Arzt ein, ein kleiner kahlköpfiger Pykniker mit goldenem Zwicker an schwarzem Bande, der sich durch einige Amüsiertheit an dem Milieu für seine gestörte Nachtruhe entschädigte. Er fragte Fiete, ob er in einem früheren Dasein Gefängniswärter in der »Fledermaus« gewesen sei, umwedelte Madame Rosa und kniff der Wirtschafterin in die Backen. Achzelzuckend kam er aus Mayas Zimmer zurück und diktierte einem Beamten: »Unbekannt als Leiche Afra-Twiete 13 aufgefunden, Tod eingetreten durch Paralysis cordis, Ursache mit Sicherheit nur durch Obduktion zu ermitteln.« Dann setzte er seinen Namen darunter, küßte Madame Rosa die Hand, griff der Wirtschafterin zum Abschied neckisch unter den Rock und stieß Fiete vor den Bauch: »Ein fideles Gefängnis. Mein Kompliment an Adele und Ida.«
Der leitende Beamte wollte sich anschließen, doch Madame Rosa hielt ihn zurück.
»Herr Rat«, sagte sie und dämpfte ihre verhärtete Stimme, »Herr Rat, ich will gar nicht davon reden, welchen Schaden mein Geschäft

durch den Vorfall haben wird. Sie wissen ja selbst am besten, wie abergläubisch die Leute sind. Aber der unbekannte Herr hat ein Zimmer bei mir innegehabt und mich durch die frühe Schließung des Betriebes erheblich geschädigt.«

Der Beamte besann sich einen Augenblick, sah sie mit verkniffenen Augen an, riß ein Blatt aus seinem Notizblock, fertigte eine Quittung aus und überreichte sie ihr mit dem Gelde.

Madame Rosa stutzte. Gerade für die nächste Zeit, die ihre Unternehmung dem öffentlichen Aufmerken in einem peinlichen Maße aussetzen würde, war es für sie wichtiger denn je, vor der Behörde in dem günstigsten Lichte zu erscheinen.

»O, nein, Herr Rat«, wehrte sie mit pompöser Gebärde ab, »nicht für mich. Es ist nur der Ordnung halber. Ich stifte das Geld der Gesellschaft zur Rettung Schiffbrüchiger.«

»Wie Sie wollen«, verabschiedete sich der Beamte und steckte das Geld lächelnd wieder ein.

Eine Stunde später stand vor der Afra-Twiete 13 ein grüner Kastenwagen. Zwei Männer gingen mit einer Bahre auf das Zimmer der Prostituierten Marie Meier, wuchteten die Leiche eines Unbekannten auf und trugen sie schwankend die Treppe hinab. An der Tür wartete Fiete auf sie mit einem stärkenden Köm. Sie setzten den toten König unter die mittelalterli-

che Weltkarte, auf der der Kosmos der Offenbarung von bösen Fabeltieren umgeben ist.
»Das war wohl 'nen ganzen feinen Herrn«, meinte der eine Träger, während er den Köm herunterkippte.
Fiete spuckte auf die weißen Fliesen und zog verächtlich die Schultern hoch: »Wenn Schiet wat ward.«
Wie durch einen Alptraum knarrte der Totenwagen durch die von Schaudern geladene Gasse. Von den Häusern schien alles Wesen gewichen

und sich zu Schemen verflüchtigt zu haben. Aus allen Winkeln schlichen Larven heran, huschten grimassierend hin und her und glitten spukhaft durcheinander. Sie rissen mit Schattenfingern Fenster und Türen auf, aus denen boshafte und hämische Gespenster auf das Leichengepränge eines Königs grinsten.
Wie der Wagen auf den breiten Boulevard einbog, kam von der Nachtkühle des Wasserbekkens ein frischer Atem und bewegte die Luft. Die Sterne wichen in die Dämmerung zurück. Der Mond versank blaß im ersten Morgenglanz. Und der Frühwind zerriß den treibenden Nebel, so daß seine Wolken über der Stadt flatterten wie ein Wehen von grauen Fahnentüchern. Als der tote König ohne Laut und Lärmen an sein Ziel kam, schickte sich der Tag an, Herr zu werden über die Nacht.

In dem holzgetäfelten Büffetzimmer, einem freundlichen Raume von solider Behaglichkeit, von dessen tiefen und weiten Fenstern man einen so anziehenden Blick über das schon früh belebte Wasserbecken und die imposanten Uferstraßen genoß, warteten die Herren der Umgebung auf den Beginn der Frühstückstafel und wunderten sich über die Verspätung ihres sonst auf die Minute pünktlichen Herrn. Vor dem Hotel sahen sie bereits die Wagen vorfahren, um den König und seine Begleitung zu der bedeutenden Werft von Larssen & Söhne zu

bringen, mit deren Besichtigung nach dem wohldurchdachten Programm des Grafen Kray-Knäckebüll auf eine ebenso anregende wie förderliche Weise die Vormittagsstunden ausgefüllt werden sollten, bis gegen Mittag – dem bekannten Arrangement entsprechend – der Ministerpräsident eintreffen würde.
Dem ersten Wagen war Herr John Wittfoot entstiegen, dank den Geschäftsverbindungen seines Vaters Vorstandsmitglied der Firma Larssen & Söhne, die ihn recht gerne bei gesellschaftlichen und repräsentativen Veranstaltungen mit ihrer Vertretung beauftragte. Denn Herr John Wittfoot war ein in allen Kreisen der Stadt wohlgelittener Klub- und Sportsmann, falls man damit nicht etwa die Vorstellung einer körperlichen Selbstbetätigung oder eines persönlichen wettkämpferischen Einsatzes verbinden sollte, sondern darunter – wie übrigens damals üblich – ein freizeitfüllendes, gönnerisches und räsonierendes Kennertum versteht. Jedenfalls war dies Johnny Wittfoots von jedermann gebilligte Haltung zu allen Bereichen des Wassersports, für die seit seinen Schülertagen seine Krawatte in den Farben des alten und exclusiven Ruderklubs »Amphitrite« ein fast tägliches, bunt leuchtendes Bekenntnis ablegte. Auf die durch die unerklärbare Verspätung ein wenig nervös gewordenen Herren konnte sein Auftreten nur die willkommenste Wirkung ausüben. Denn es ging von seinem apfelrunden

Gesicht mit den Schellfischaugen und von der satten Dinglichkeit seiner Erscheinung die kreatürliche Fröhlichkeit eines Menschen aus, der ein vorwiegend physisches Dasein lebt. Seine bequeme und behagliche Rede floß in der zutraulichen Klangfarbe seines heimatlichen Dialektes wie aus einem gut gefüllten Sammelbecken mit behaglichem Gefälle dahin, von dem man nicht überraschende Stürze und tückische Schellen oder versteckte Stauungen zu befürchten hatte. Und als der Graf Kray-Knäkkebüll den König mit einer dringlichen Abhaltung entschuldigte und die Verzögerung tief bedauerte, meinte Herr John Wittfoot nur:
»Macht nichts, Exzellenz, macht gar nichts. Dann drehen wir eben von Luv auf Lee und sehen einen Steamer weniger«, und es fehlte wahrhaftig nicht viel und er hätte der Exzellenz begütigend auf die Schulter geklopft.
Bei der allgemein Herrn Wittfoot zugewandten Aufmerksamkeit war das Eintreten des Kammerdieners Brauns fast unbeachtet geblieben. Erst nach einer Weile gelang es ihm, sich dem Grafen zu nähern und diskretest zu melden, daß Seine Majestät auf Klopfen und telefonischen Anruf nicht antworte.
Der Graf sah Herrn Brauns mißtrauisch und befremdet an und winkte Dr. Bedinga unauffällig heran.
Nach wenigen Minuten kam Dr. Bedinga zurückgestürzt:

»Exzellenz, der König ist nicht auf dem Zimmer. Die Zimmer sind leer, und das Bett ist unberührt.«
»Das Bett unberührt?« wiederholte fassungslos der Graf. »Dann wird das Zimmer schon wieder aufgeräumt sein und das Bett frisch gemacht. Der König wird den schönen Morgen zu einem Spaziergang vor dem Frühstück benutzt und sich dabei in der Zeit vertan haben.« Unwillkürlich sah er auf die Uhr. Sie zeigte ein Viertel vor zehn. Er glaubte selbst nicht, was er gesagt hatte.
Das Stubenmädchen wurde gerufen. Es hatte das Zimmer des Königs heute morgen noch nicht betreten. Der Hausdiener, der Zimmerkellner, der Fahrstuhlführer, der Portier, die Pagen, das Empfangsbüro, niemand hatte den König gesehen.
Angesichts dieses unbegreiflichen und beunruhigenden Vorganges stellte der Graf Kray-Knäckebüll alle sonstigen Bedenken zurück. Mit umständlicher und geheimrätlicher Artigkeit wandte er sich an Herrn Wittfoot:
»Herr Wittfoot«, begann er mit leichtem Räuspern, »ich möchte Ihnen in einer durchaus ungewöhnlichen Situation eine Bitte vortragen. Der König, der sonst auf äußerste Pünktlichkeit hält, ist von einem Spaziergang noch nicht zurückgekehrt. Wir dürfen leider die Möglichkeit nicht ganz von der Hand weisen, daß dem König etwas zugestoßen sein könnte. Vielleicht

bin ich überängstlich und alles klärt sich schon in der nächsten halben Stunde höchst natürlich auf. Aber ich möchte doch nichts zur Herbeiführung dieser Aufklärung versäumen. Ich habe mich daher entschlossen, mit Herrn Dr. Bedinga den Herrn Polizeipräsidenten aufzusuchen. Ich wäre Ihnen sehr verbunden, wenn Sie uns dorthin fahren könnten.«

John Wittfoot war ein hurtiger, mit einiger Urteilskraft ausgestatteter Kopf, der es natürlich längst weg hatte, daß »in Luv etwas aufzöge«, wie er sich in seinen späteren Erzählungen ausdrückte. Aber ein verlorengegangener König, den man mit der Polizei suchen gehen mußte. Mein Gott, wie konnte denn so was bloß angehen.

Seine Schellfischaugen weiteten sich und strahlten in wässrigem Staunen.

»Ist mir nur eine Ehre, Exzellenz, eine große Ehre, bitte ganz über mich zu disponieren«, antwortete er mit ehrlicher Freude.

»Ich fürchte, ich werde Sie noch beim Wort nehmen müssen«, warnte der Graf lächelnd.

»Darum möchte ich aber auch sehr gebeten haben, Exzellenz«, verlangte Herr Wittfoot mit belustigter Entschiedenheit.

In der hoch überkuppelten Eingangshalle des Präsidiums, eines Monumentalbaues der jüngsten Zeit, wurden die Herren von einem Regierungsrat mit verbindlicher Beflissenheit empfangen, der sie sogleich über die breite Emp-

fangstreppe in das Zimmer des Herrn Polizeipräsidenten führte.
Der Präsident, eben derselbe, dessen Zartsinn bereits durch die Aufstellung der beiden zierlichen Landesfahnen im Fürstensalon des Bahnhofs auffiel, war ein mittelgroßer, untersetzter Mann, der dem etwas flauen Ausdruck seines Gesichts durch einen aufgezwirbelten Schnurrbart eine künstliche Verwegenheit zu geben suchte. Er begrüßte die Herren mit einer kleinen feierlichen Ansprache, in der er einerseits die Umstände lebhaft bedauerte, unter denen er

die von ihm so überaus hochgeschätzte Bekanntschaft der Herren mache, und andererseits die Hoffnung aussprach, daß die nun einmal aus so beklagenswertem Anlasse entstandene Gemeinschaft in ihren Bemühungen zu einem recht baldigen glücklichen Ergebnisse, der raschen Aufklärung über den Verbleib Seiner Majestät führen möge, wobei er das Wort Majestät durch eine verehrende und emphatische Diktion emporzuheben verstand.
Dann ging er hinter seinem umfänglichen präsidialen Schreibtisch in Deckung und bat die Herren auf den beiden vor ihm aufgestellten Klubsesseln Platz zu nehmen.
»Exzellenz«, fuhr er mit leise knarrender Stimme fort, »die aus der vergangenen Nacht vorliegenden Polizeiberichte geben nun – ich weiß nicht, ob ich sagen soll leider oder gottseidank – keinerlei Anhalt für eine Spur, deren Verfolgung uns weiterführen könnte. Sämtliche Personen der nächtlichen Unfälle, Sicherstellungen usw. sind rekognosziert, mit einer einzigen Ausnahme, die überhaupt nicht in Betracht kommt und die ich nur, ich möchte sagen der erotischen Kuriosität halber, hier unter uns erwähne. Es handelt sich da nämlich«, der Präsident lächelte verschmitzt und drehte seinen aufgezwirbelten Schnurrbart noch ein wenig weiter in die Höhe, »es handelt sich um einen offenbar den besseren Ständen angehörenden Mann, der heute nacht in einem übelbeleumun-

deten Hause, gewissermaßen in einem Lupanar«, offenbar war der Präsident über diese Wortwahl besonders glücklich, denn er sagte noch einmal: »gewissermaßen in einem Lupanar als Leiche, verstehen Sie wohl, meine Herren«, er zwinkerte jetzt eindeutig zu seinem verschmitzten Lächeln, »bei einem Freudenmädchen als Leiche aufgefunden worden ist. Übrigens«, fuhr er fort, und er legte sein Gesicht wieder in amtliche Form, »möchte ich dazu ausdrücklich bemerken, daß es Bordelle in einem polizeitechnischen Sinne in dieser Stadt nicht gibt.« Graf Kray-Knäckebüll hatte die ganze Zeit über zuwartend mit seinem Siegelring gespielt. Nun blickte er den Präsidenten gleichmütig an und fragte in einem Tone, als ob er die Geschichte von der erotischen Kuriosität konversierend aufnähme:
»Und der offenbar den besseren Ständen angehörige Mann, Herr Präsident, trug nichts bei sich, das einen Rückschluß auf seine Person erlaubte?«
»Nein, eigentlich nichts. Außer ziemlich viel losem Geld in Scheinen und Münzen nur ein Zigarettenetui. Bitte, Herr Regierungsrat«, wandte er sich zu dem jederzeit hinter ihm bereitstehenden Beamten, »zeigen Sie doch den Herren mal das Etui, wenn es interessiert.«
Der beflissene Regierungsrat reichte dem Grafen Kray-Knäckebüll ein zierliches goldenes Zigarettenetui.

Der Graf war von einer so vollendeten Beherrschtheit in seinen Bewegungen, daß kaum jemand in der Art, wie er das Etui entgegennahm, etwas von dem bekannten Greifen des Ertrinkenden nach dem Strohhalm wahrgenommen hätte. Und kaum hätte jemand ihm die Erleichterung angemerkt, als er das Etui in Händen hielt. Er glaubte alle Etuis seines Herrn zu kennen, dieses hatte er nie gesehen, und er gab es beruhigt dem Dr. Bedinga.
Als Dr. Bedinga nach kurzer Betrachtung das Etui auf den Tisch des Präsidenten zurücklegen wollte, öffnete sich dabei der Deckel. Auf seiner Innenseite sah er eine von energischer steiler Hand gravierte Inschrift und las:

»Le sévère dieu du silence
Est un des frères de la Mort.«

Das Entsetzen schoß dem Dr. Onno Bedinga durch alle Glieder bis in die feinsten Verzweigungen seiner Fingernerven, so daß er das Etui beinahe hätte fallen lassen. Überstürzt klappte er den Deckel zu und reichte es rasch dem Regierungsrat in die Hand. Als er vorsichtig den Kopf herumwandte, begegnete er dem Blicke des Grafen Kray-Knäckebüll.
Der Graf erhob sich. Er dankte dem Präsidenten für seine bisherigen Bemühungen, während der Präsident seinerseits aus seiner Praxis Fälle zu erzählen begann, in denen scheinbar unbegreifliche Sachverhalte sich auf das natürlichste

aufgeklärt hatten, weil man an das Nächste und Einfachste nicht gedacht. »Wir hoffen tiefbewegten Herzens«, so schloß er mit leicht tremolierender Pathetik, »daß die Sache des Königs zu diesen Fällen gehört.«

»Ja, wir hoffen«, sagte Graf Kray-Knäckebüll kurz, der es plötzlich recht eilig zu haben schien.

Schweigend schritten Graf Kray-Knäckebüll und Dr. Bedinga die breite Empfangstreppe wieder herab. Als sie in den Schummer der hochüberkuppelten Eingangshalle gelangt waren, blieb der Graf stehen:

»Herr Dr. Bedinga«, fragte er mit scharfer Betonung jeder Silbe, »Sie kannten das Etui?«

»Nein, Exzellenz«, antwortete Dr. Bedinga mit gleichen Akzenten, »ich kannte es so wenig wie Sie, aber« – er senkte die Stimme und sprach die Worte mit stockender Sorgsamkeit – »es ist das Etui des Königs.«

Graf Kray-Knäckebüll schien unmerklich in sich zu versacken. Die Souveränität seines zeremoniösen Gesichts zerbrach fast klirrend und seine Hand fuhr empor, um es vor Schmerz und Scham zu bergen. Einen Augenblick schien es ihm, als ob um ihn die Erde wankte und stürzte und die ordnende Verständigkeit seines Herzens im Wahnwitz begrub.

»Und was denken Sie nun?« fragte er schließlich tonlos.

»Ich denke«, erwiderte Dr. Bedinga langsam, aber sehr entschieden, »ich denke wie der Vater des Königs dachte: La vie privée doit être murée.«

Graf Kray-Knäckebüll reckte sich empor, die Hand fuhr vom Gesicht mit einer großartigen Bewegung durch den Raum, und von der hohen Kuppel klang seine skandierende Stimme wider wie ein gravitätitscher Ruf aus großer Höhe: »En l'honneur de la Durée, de la vertu de Durée, qui est commune à la Patrie, à la Monarchie, à la Dynastie.«

Dann sprach er in einem völlig veränderten Tone befehlsartig fort:

»Ich begebe mich auf das Generalkonsulat und werde dort den Herrn Ministerpräsidenten erwarten. Sie fahren in die Morgue. Wenn der Tag zu Ende geht und es dunkel geworden ist, erwarte ich auch Sie auf dem Generalkonsulat« – er machte eine kleine Pause, dann setzte er fest hinzu – »mit dem König.«

Am Portal stand Herr John Wittfoot mit seinem Wagen, gleich begierig auf ihre Nachrichten wie auf ihre weiteren Dispositionen. Es konnte vielleicht noch hingehen, daß Graf Kray-Knäkkebüll es in diesem Augenblicke nicht über sich vermochte, Herrn Wittfoot die Wahrheit zu sagen, obwohl doch der Dienst, den er von dessen gefälliger Bereitschaft noch an diesem Abend in Anspruch nehmen wollte, ihn ohnehin zu einem tief Eingeweihten machen mußte.

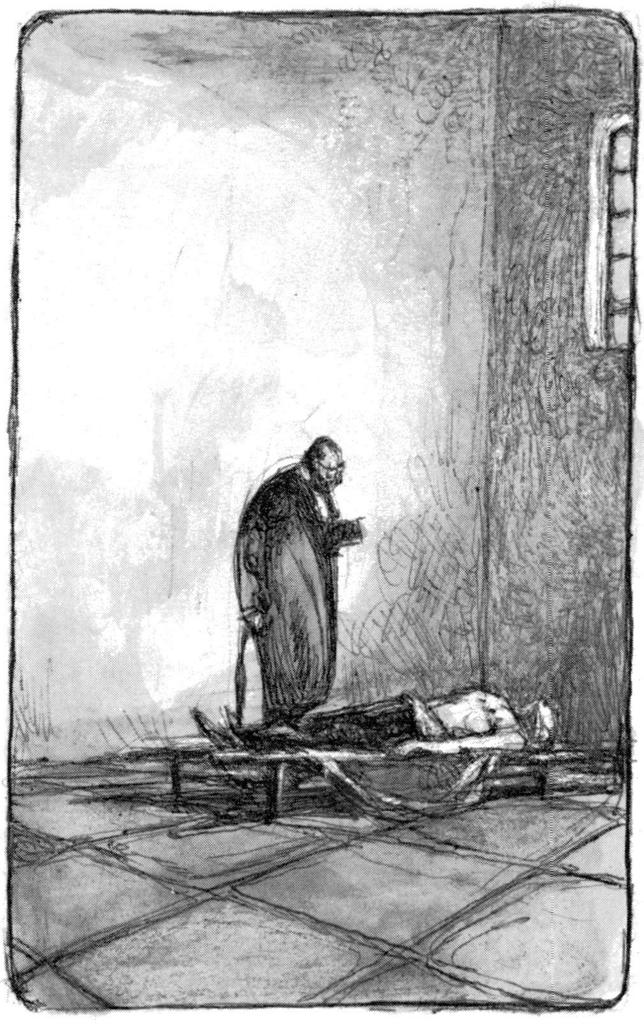

Daß aber der Graf mit einem gewissen »gediegenen« diplomatischen Lächeln ihm gesagt hatte: »Herr Wittfoot, an uns hat sich das Sprichwort blamiert. Wir kommen nicht klüger vom Rathaus als wir hinaufgegangen sind«, das war nicht nur eine ganz herzlose Redensart, sondern eine richtige Flunkerei, mit der noch dazu seine Vaterstadt grundlos beleidigt wurde. Das hatte ihn, John Wittfoot von Larssen & Söhne, einen Mann ohne Falsch und Arg, der das Herz auf dem rechten Fleck hatte, schon damals ganz »verbiestert«, wie er sich später in der immer wieder begehrten Erzählung des merkwürdigsten Tages seines Lebens ausdrückte, an dessen Morgen er bei hellem Sonnenschein ausgezogen war, um einen gefeierten König zum Werk zu holen, und an dessen Abend er bei nebliger Dunkelheit in seinem Wagen einen skandalisierten Toten aus dem düstersten Bezirk menschlicher Verlorenheit und Verlassenheit in das legitime Haus einer geordneten und ehrbaren bürgerlichen Welt zurückgebracht hatte.

Das Leichenschauhaus lag in einförmiger Umgebung dicht an einem grauen breiten Strome. Es war ein unscheinbarer, düster geballter Bau aus verschwärztem Backstein.
Offenbar hatte man Dr. Bedinga schon erwartet. Man führte ihn durch den bleifarbenen Dunst lebloser und kahler Gänge in einen Seitenflügel, wo eine unauffällige Tür aufgeschlos-

sen wurde. Er befand sich allein in einer hohen schmalen Halle, die von kalten weißen Mauern hart und eng umwandet war. Der fest schließende Druck ängstete und die völlige Öde und Leere waren fast unerträglich. Doch nach oben stiegen die Mauern mit ungehemmtem Drange empor, durchstießen die sichtbaren Grenzen und reckten sich in das Dämmer des Dachgeschosses, so daß der zwangvolle Raum in der Höhe ins Unbestimmte und Unendliche sich öffnete und das Firmament der gewaltsamen Spannung eine barmherzige Lösung zu verheißen schien.

Mitten in der Halle stand einsam auf dem nackten Boden eine unansehnliche niedrige Bahre.

Der König ruhte auf ihr mit einer beherrschten Lässigkeit, als hätte er sich schlafen gelegt. Aus dem Antlitz war die Angestrengtheit gewichen, die der ständige Zwang zur Formung, Würde und Darstellung ihm aufgeprägt. Er hatte aufgehört sich in Szene zu setzen und sich vorzutragen. Es schien wie das Abbild eines sicheren und runden Seins. Hinter der aufgewölbten Stirne wachten noch verspätete Gedanken und auf den ein wenig spöttisch geschürzten Lippen schwebte ein Lächeln, das freie Lächeln des geborgenen Lebens. Der hoheitsvolle Mund verhehlte nicht mehr die Verwundbarkeit des Gefühls, so daß die quälenden Linien, die sonst von der scharf abgebogenen Nase in die Weichheit des Kinns verliefen, sich verzogen hatten. Die geschlossenen Augen waren wie niedergeschlagen nach innen gekehrt, doch hoch über ihnen schwangen die emporgezogenen Brauen in einem Bogen des Stolzes und der Einsamkeit, erhaben über jeden Schmerz.

Es war, als ob der Tod in dem Antlitz des Königs das vollendet hatte, was Dr. Bedinga einst nur an seinem Profil ergriffen wahrgenommen, das Erscheinen eines Überpersönlichen, Beispielhaften und Unveränderlichen: das Offenbarwerden des Waltens höherer Mächte.

Wie ein erhellender Blitz leuchtete ihm der Gedanke auf, daß durch ein Scheitern im Endlichen ein Unendliches frei und sichtbar hervortritt. Und er erkannte die letzthinnige Sinnerfüllung eines Menschenlebens in der Stunde, da der Engel der Vernichtung darüber hinfährt. Demütig beugte er seinen Geist vor der ewig unbegreiflichen Verkettung und Verschlingung aller irdischen Dinge.

Er stand noch versunken über den Weg dieses Schicksals, als ihn von der Hand des Königs ein eigentümliches Glänzen traf.

Er trat ganz nahe an den Toten. An seinem rechten Zeigefinger funkelte ein großer Smaragd in ruhelosem Feuer. Onno Bedinga erbebte. Dann kniete er nieder und löste mit größter Behutsamkeit den Ring von dem kalten und bröckelnden Finger des Königs.

Feierlich, den Ring wie ein Allerheiligstes vor

sich her tragend, schritt er zum Strom. Mit einem weit ausholenden Schwunge warf er ihn hoch in die Luft. Einen Augenblick stand der Ring im weiten Raum verloren hoch über dem Wasser und sein Smaragd strahlte in der Sonne wie ein beweglicher Stern in zaubergrünen Augen. Dann fiel er steil hinab in die Tiefe des unergründlichen Elements, durch das Schiwa alles Gestaltete heimholt, um es verwandelt wieder zu verschenken.